浮雲心霊奇譚

赤眼《せきがん》の理《ことわり》

神永　学

集英社文庫

浮雲心霊奇譚

赤《せき》眼《がん》の理《ことわり》

目次

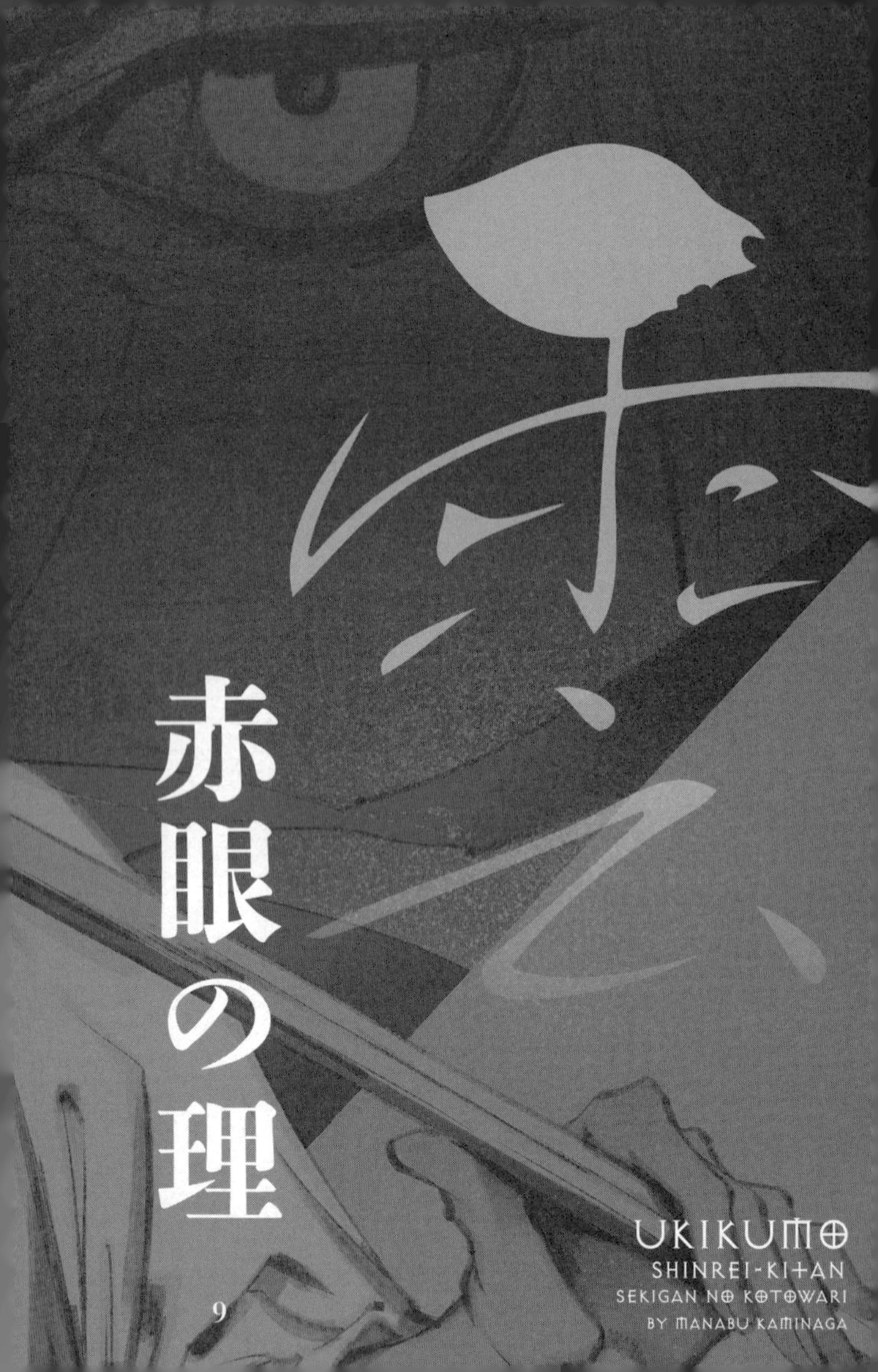

赤眼の理

UKIKUMO
SHINREI-KITAN
SEKIGAN NO KOTOWARI
BY MANABU KAMINAGA

本文デザイン……………坂野公一（welle design）
イラストレーション……アオジマイコ

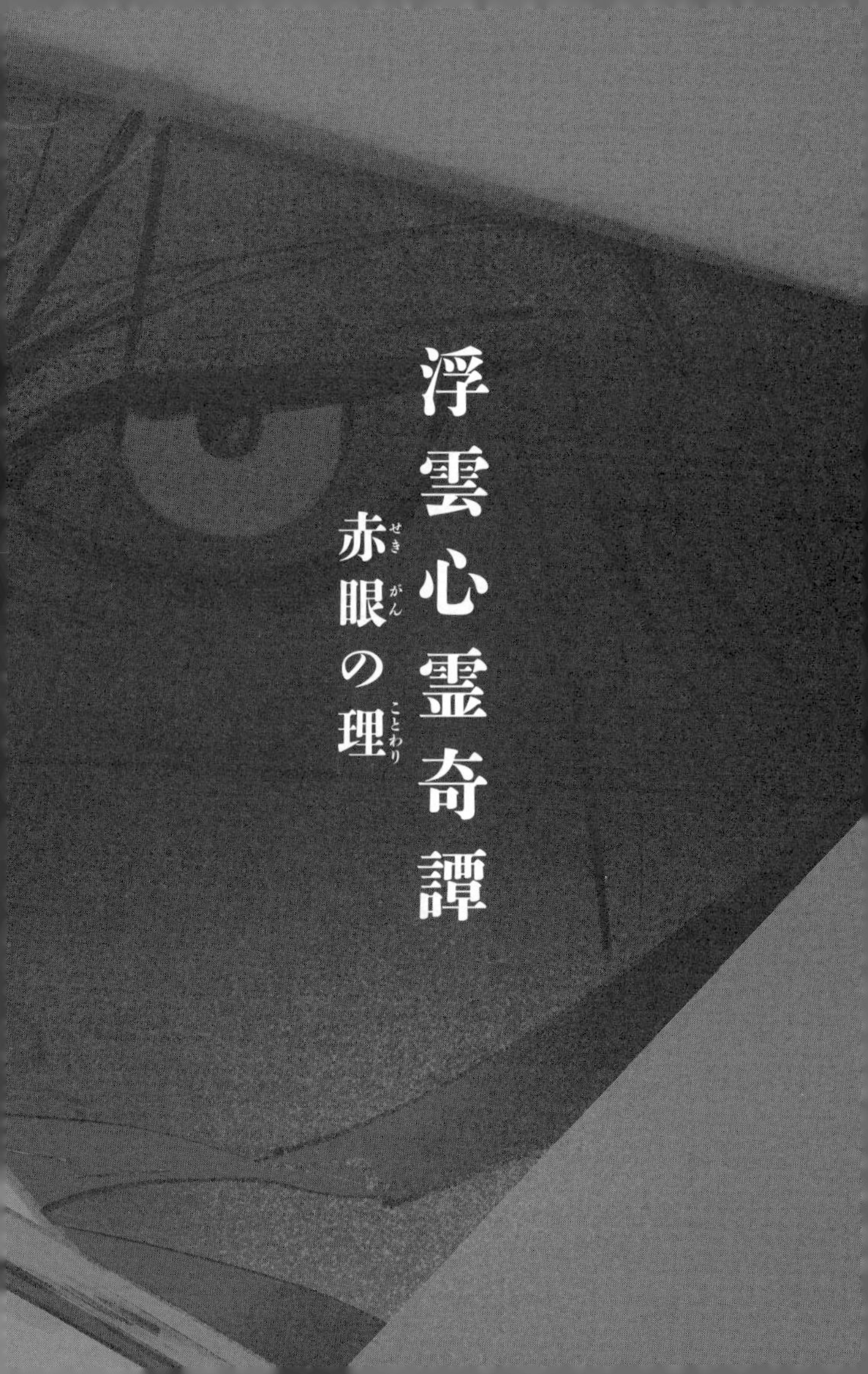

浮雲心霊奇譚

赤《せき》眼《がん》の理《ことわり》

赤眼の理

UKIKUMO
SHINREI-KITAN
SEKIGAN NO KOTOWARI

序

月が出ていた――。

赤みを帯びた月が、ぽっかりと浮かんでいる。

お小夜《さよ》は、家路を急いだ。提灯《ちようちん》は持っていない。月の明かりだけが頼りだ。

数日前に降った大雨のせいで、足許《あしもと》がぬかるんでいて歩き難《にく》い。

まさか、こんなに遅くなるとは思ってもみなかった。麹町《こうじまち》の得意先に反物《たんもの》を届けに行くだけのはずが、足を運んだ先では、夫婦喧嘩《げんか》の真っ最中だった。

犬も食わぬものだから、放っておけばいいのだが、お小夜はそれができない性質《たち》だ。

それぞれの言い分を吐き出させ、なんとか仲直りさせたときには、もう日が暮れかかっていた。

弟の八十八《やそはち》などは、他人の世話を焼く暇があるなら、自分の嫁ぎ先を心配しろ――などと冗談めかして言うが、かくいう八十八も、厄介事を呼び込む性質だから、お小夜のことを言えた義理ではない。

――何にしても急いで帰らなければ。

黒船が浦賀《うらが》に来港してからというもの、攘夷《じょうい》だ何だと、色々と物騒になっている。

玉川上水《たまがわじょうすい》沿いの道を歩き、四谷大木戸《よつやおおきど》の辺りまで来たところで、お小夜はふと足を止めた。

夜風に混じって、微《かす》かに人の声がしたからだ。

じっと耳を澄ます。

それは、確かに聞こえる――。

女のすすり泣く声だった。

ぐるりと辺りを見回してみると、古い長屋が目に入った。ずいぶん前から放置されているらしく、建物は朽ち果てている。

声はその中から聞こえて来るらしい。一番奥の部屋だ。

「もし――」

お小夜は、声をかけながら部屋に歩み寄った。

戸が外れていた。

「どうかされましたか?」

お小夜は、首を突っ込み中を覗《のぞ》き込む。

暗闇の中に、何かがいた。

女だった――。

白い肌襦袢《はだじゅばん》を着た女が、背中を向け、部屋の隅に蹲《うずくま》って震えている。長い髪が、乱れていた。

――亭主に乱暴でもされたのだろうか。

「どうしました。何か困りごとでも？」

土間に入り、お小夜が訊《たず》ねると、女の泣き声が止《や》んだ。しかし、返事があるわけではない。

「もし――」

もう一度、お小夜が言うと、女が一瞬、目の前から消えた――。

が、しかし、女はいつの間にか、反対の隅に立っていた。やはり、背中を向けたままだ。

「ここにも――」

お小夜が、声をかけようとしたところで、女が唐突に言った。

「え？」

「ない――」

「何ですって？」

「どこだ？」

さっきまで、あれほど弱々しく泣いていた女とは思えぬほど、力強い声だった。

背筋がぞくぞくっと寒くなる。

「あの……」

「どこへやった！」

女は、悲鳴にも似た声を上げながら振り返った。

血走った女の目が、真《ま》っ直《す》ぐにお小夜を射貫《いぬ》く。尋常ならざる形相《ぎょうそう》に、逃げ出そうとしたが、禍々《まがまが》しい瘴気《しょうき》に満ちた視線に搦《から》め捕られ、動けなくなった。

「ない——」

女が、己の腹に手を当てた。

すると、そこからみるみる赤い液体が溢《あふ》れ出してきて、肌襦袢と女の手を染めていく。

あれは——血だ。

女は、血に染まった両の手を、真っ直ぐにお小夜に突き出す。

「どこへ——やった——」

ぬらりとした感触が、頬に触れる。

お小夜は、悲鳴を上げることもできずに、そのまま意識を失った——。

一

「本当に――ここか？」

八十八は、ぽつりと言った。

うだるような暑さだ。刺すような日射しが照りつけ、立っているだけで、汗が滴《したた》り落ちてくる。

蟬《せみ》の鳴く声が、うるさいくらいに耳にまとわりついていた。

古びた神社の前である――。

徳川《とくがわ》の庇護《ひご》の許、隆盛を極める周囲の寺社に比べ、あまりにひっそりとしている。

朱に塗られていたであろう鳥居は色褪《いろあ》せ、青々とした雑草が生い茂っている。その先に、傾きかけた社《やしろ》がぽつんとあった。

屋根まで、草に覆いつくされている始末だ。

――まあ、ここで、あれこれ考えていても仕方ない。

八十八は鳥居を潜《くぐ》り、神社の境内に足を踏み入れた。目を向けると、苔《こけ》に塗《まみ》れた狛犬《こまいぬ》に、じろりと睨《にら》まれたような気がした。

――何とも薄気味の悪い場所だ。

社の前まで来たところで、改めて辺りを見回す。

神主の住居があっていいはずだが、それらしき建物は見当たらない。

八十八が、この神社に足を運んだのには理由がある。

姉であるお小夜が、数日前、幽霊だか、妖怪だかに出くわした。以来、奇妙な行動を取るようになった。

父親の源太《げんた》は、憑《つ》きものが付いた——と慌て、懇意にしている妙法寺《みょうほうじ》に相談を持ちかけ、除霊をしてもらったのだが、一向によくなる気配がない。

どうしたものかと困り果てているとき、出入りしている行商の薬売りから、「それなら腕の確かな憑きもの落としがいる——」と、この神社を紹介されたというわけだ。

「こんにちは」

八十八は、社に向かって声をかけてみた。

返事はなかった。

「どなたか、いませんか？」

今度は、どこにともなく声を張ってみたが、やはり応答はなかった。

——仕方ない。諦めるか。

くるりと社に背を向け、来た道を戻ろうとしたとき、声がした。

「何の用だ？」

低く、よく通る声だった。

八十八は足を止め、慌てて辺りを見回してみる。しかし、人の姿はどこにもない。

「どこを見ている。ここだ。ここ――」

声に誘われて目を向けた先は、社だった。

八十八は、おっかなびっくりへっぴり腰になりながらも、社に歩み寄って行く。

腐りかけた木の階段を上り、社の格子戸に顔を近付け、中を覗こうとしたまさにそのとき、どんっ――と内側から扉が開いた。

「わぁ！」

八十八は、驚きで仰《の》け反《ぞ》り、その拍子に階段を踏み外した。

必死に伸ばした手は、空《くう》を摑《つか》むばかりで、尻で階段を滑り落ちた。

「痛《い》てて……」

八十八は、痛みに歪《ゆが》んだ顔を上げる。

開け放たれた社の戸口のところには、一人の男が立っていた。

異様な男だった――。

真っ白な着物を着流している。帯をまとめるでもなく、だらりと垂らし、胸の辺りが大きくはだけていた。

髷《まげ》も結わないぼさぼさ頭で、肌は着物の色に負けないくらい白い。線が細く、以前に見た円山応挙《まるやまおうきょ》の幽霊画から飛び出してきたような風貌だ。

そして、何より際立っていたのは、両眼《りょうめ》を覆うように巻いた赤い布だった。

あれでは、何も見えない——いや、盲目なのかもしれない。

さらに奇怪だったのは、その赤い布の上に、黒い墨で眼を描いていたことだ。

「騒々しい。何の用だ」

男は、持っていた金剛杖《こんごうづえ》を八十八の眼前に突きつけた。

布の上に描かれた眼が、八十八を見下ろしている。何とも、形容しがたい威圧感がある。

「あ、じ、実は……石田散薬《いしださんやく》の土方《ひじかた》さんから、聞いてやって来たんです」

「石田散薬？　ああ、あのバラガキか……」

「何でも、ここにたいそう腕の立つ、憑きもの落としの先生がいらっしゃるとか——」

「歳三《としぞう》の阿呆《あほう》め。余計なことを」

男は、顎に手を当てて苦い顔をした。

この反応からして、どうやらこの男が目当ての憑きもの落としのようだ。

改めて見ると、異様だと感じていた風貌が、威光を放っているように見えるから不思議だ。

八十八は立ち上がり、居住まいを正してから腰を折って頭を下げる。

「どうか、姉さんを助けて下さい」

「知らん」

即答だった。

土方から、腕は確かだが、偏屈な男だと聞いていたが、ここまでとは――しかし、ここで退《ひ》き下がるわけにはいかない。

お小夜が死んでしまうかもしれないのだ。

「そんなこと言わずに、どうかお願い致します」

八十八は、改めて頭を下げる。

「分からん奴《やつ》だな」

「はい？」

「頭を下げられたって、一文の得にもならんと言ってるんだ」

男は、金剛杖を肩に担ぎ、どっかと階段に腰を下ろすと、八十八の前にぬうっと手を差し出した。

――ああ、そういうことか。

「もちろん、それ相応の謝礼はさせて頂きます」

「五十両」

「え？　そんなに？」

「何か文句でもあるのか？」

男は口をへの字に曲げる。

「いや……しかし、五十両というのは、いくら何でも……」

「払えないなら帰れ」

びた一文まけるつもりはないらしい。男は、躊躇《ためら》い一つ見せずに立ち上がると、くるりと背を向けて社の中に戻ろうとする。

「ちょ、ちょっと待って下さい」

五十両は高いが、お小夜の命には代えられない。

「払う気になったか？」

「はい」

「だったら、ほれ」

男が、ひょいっと手を差し出す。

八十八は、持参していた金を財布ごと男に手渡した。男は、さっそく、財布の中身を広げ、指で感触を確かめながら数えていく。

全てを数え終えるなり、男は八十八に顔を向けた。赤い布に描かれた両眼で、睨んでいるようだった。

「全然足りねぇな。手前《てめえ》、おれのことを盲目だと思って、足許見てんだろ」

男は、八十八の襟を掴み、ぐいっと引き寄せた。

あまりの迫力に、八十八は息を呑《の》む。

「こ、これは前金です。憑きものが落ちたら、残りを払います」

「うるせぇ。さっさと消えろ」

「いや、しかし、それでは姉さんが……」

「だから、知らねぇよ」

男は無情に言うと、金を財布の中に戻し、土の上に放り投げた。

「あの……」

「何だ。まだ帰らねぇのか。だったら、こっちが出て行くまでだ」

男は、吐き捨てるように言うと、八十八を押し退《の》け、神社の外に向かって歩き始めた。

「待って下さい」

八十八が追いすがると、男はくるりと振り返る。

「姉さんを助けたいと言いながら、金をけちったんだ。もし、死んだら、お前のせいだな」

男は、そう言うと赤い唇を歪めて笑った。

――私のせい。

八十八は、思いもよらぬ言葉に唖然《あぜん》とした。

「まったく。酒でも呑まねぇと、やってられねぇよ」

男は金剛杖をつきながら、神社の鳥居を潜り、歩き去ってしまった。

夕暮れ迫る神社で、八十八はしばらく呆然《ぼうぜん》と突っ立っていた。

完全に機嫌を損ねてしまった。何とかしなければ——八十八は、考えを巡らせながら財布を拾った。

「あれ？」

違和感を覚え、改めて財布を取り出し、中を確認してみる。

「何だ——これ？」

財布の中には、金ではなくたくさんの小石が入っていた。

二

「まいったな……」

八十八は、ため息混じりに言った。

憑きもの落としを頼みに来たはずなのに、まんまと金を騙《だま》し取られることになろうとは、思ってもみなかった。

このままおめおめと帰るわけにはいかない。

あの男の異様な風貌、それに自信に満ちた口ぶり。相当な腕の持ち主に違いない。人柄や多少の疑わしさには目をつむり、今は、何としても、お小夜を救って貰《もら》わなければならない。

しかし、どこに行ったのか皆目見当がつかない。ここで待っていれば、そのうち帰ってくるだろうか——いや、あの男は金を盗んだのだ。のこのこと戻っては来るまい。

やはり、捜し出すしかなさそうだ。

あの男は「酒でも呑まねぇと、やってられねぇ」と呟《つぶや》いていた。盗んだ金を持って、どこかの居酒屋に足を運んでいるかもしれない。

この辺りだと白井屋《しらいや》か、丸熊《まるくま》だろう。

確かとは言えないが、このまま呆《ほう》けているよりはいい。八十八は、まずは丸熊を目指して歩き始めた。

——もし、死んだら、お前のせいだな。

歩みを進める八十八の頭に、あの男が放った言葉が蘇《よみがえ》って来た。

冗談ではない。お小夜に死なれては困る。

八十八は、母の顔を知らない。物心が付く前に、病で死んだと言われた。父の源太は、呉服屋の切り盛りで忙しく、ほとんど相手をしてくれなかった。しかし、寂しいとは思わなかった。

お小夜がいたからだ。

年は十九なので八十八の三つ上だ。しっかりもので、幼い頃から八十八の面倒をよく見てくれた。

近所の子らに苛《いじ》められていたとき、庇《かば》ってくれたのはお小夜だし、病で臥《ふ》せっているときに看病してくれたのもお小夜だ。

ひと月ほど前、父の源太と大喧嘩をしたことがあった。

きっかけは、八十八が絵師を志したいと言ったことだ。思いつきで口にしたのではない。十《とお》になったばかりの頃、ある絵を見たのをきっかけに、自分でも絵を描くようになった。

長男だし、店《たな》を継がなければ――という気持ちもあったが、次第に、絵師になりたいという思いが抑えられなくなり、素直に心情を吐露したのだ。

それを聞いた源太は「絵師だけはならん！」と激怒した。普段は温厚な源太が、あそこまで感情を爆発させた姿を見たことがなかった。

勘当とまで言われたのを、宥《なだ》め賺《すか》してくれたのもお小夜だった。あれから、源太とはろくに口も利いていないが、それでも家に住まうことができているのはお小夜のお陰だ。

お小夜は、八十八にとって姉というだけではなく母でもあった。それがいなくなるなど、考えもつかない――。

思いを巡らせているうちに、丸熊の前に着いた。

陽《ひ》はすっかり落ちていた。

丸熊と書かれた油障子から、わずかな灯《あか》りと、賑《にぎ》やかな声が漏れている。

「こんばんは」

八十八は、縄のれんを潜り、油障子を開けた。

「おう。八《はち》じゃねぇか」

酒を運んでいた亭主の熊吉《くまきち》が、八十八に気付いて声を上げた。

昼間は天然《てんねん》某《なにがし》——という剣術道場に通っているせいか、引き締まった身体《からだ》つきをしている。

おまけに強面《こわもて》で、ひげ面《づら》ということもあり、まさに熊のような風体《ふうてい》だ。

しかし、熊吉はその風貌に反して、面倒見がよく、心根の優しい男だ。八十八も、幼い頃からよく遊んでもらった。

「熊さん。お久しぶりです」

「お小夜ちゃんの様子はどうだ？」

熊吉が、よく張った顎を突き出すようにして訊ねてきた。

「あ、いや、それが……あまりいい状態では……」

「そうか……だったら、こんなとこにいねぇで、早く帰ってやんな」

熊吉が、八十八の肩を叩《たた》いた。

「いや、熊さん。違うんですよ。実は、憑きもの落としの先生を捜しているんです」

「憑きもの落としの先生?」

「そうです。白い着物に、眼に赤い布を巻いた人なんですが……ここに来ませんでしたか?」

「さっき来たぜ」

「え?」

あまりにあっさり言われたので、逆に驚いてしまった。

「それは、本当ですか?」

「ああ。一人がいいって言うんで、二階に通した」

八十八は、熊吉がまだ喋《しゃべ》っているうちに階段を駆け上がると、勢いよく襖《ふすま》を開け放った。

「あっ!」

——いた。

捜していた、両眼を赤い布で覆った男だ。

壁に寄りかかり、片膝を立てた姿勢で、盃《さかずき》に注《つ》いだ酒を、ぐいっと呷《あお》ると、ゆっくりと八十八に顔を向けた。

赤い布に描かれた眼が、八十八を捉える。

「騒々しいな。誰だ？」

男は、驚くでも狼狽《ろうばい》するでもなく、淡々とした調子で言った。

「八十八です。さっき、神社で会いました」

「ああ。あのガキか。何でここだと分かった？」

「酒でも呑まないと――そう言っていました。だから、どこかの居酒屋にいると思ったんです」

「なるほど。少しは考えが働くわけだ」

この男に褒められたところで、少しも嬉《うれ》しくない。そんなことより――。

「憑きものを、落としてもらいます」

八十八は、ずいっと男に歩み寄る。

「断ると言った」

男は、再び盃に酒を注ぐ。

「前金を受け取ったんですから、ちゃんと仕事をしてもらうと言っているんです」

「前金？」

八十八は、男に向かって、小石が詰まった財布を放り投げた。じゃりっと音を立てて、財布が畳の上に落ちる。

「中身が、全部石になってました。あなたが、すり替えたんですよね」

「証拠がないだろう。阿呆が」

男が口角を上げ、にいっと笑った。

開き直った上に、阿呆呼ばわりをするとは——つくづく性根が歪んでいる。

「とにかく、姉さんの憑きものを落としてもらいます」

「そうぎゃんぎゃん騒ぐな」

男は、そう言うと手探りで財布を拾い、無造作に八十八に投げ返して来た。

八十八は、手を伸ばして財布を受け取ったあと、男を睨み付けた。そんなことをしたところで、盲目の男には、屁《へ》でもないだろうが、そうせずにはいられなかった。

「騒ぎたくもなります。姉さんの命がかかっているんですから」

「話は聞いてやる。まあ呑め——」

男は盃に酒を注ぎ、八十八に差し出して来た。

酔わせて、うやむやにする気か？　その手に乗ってなるものか。

「姉さんの憑きものを落としてくれるのか、それとも否《いな》か——答えて下さい」

八十八は、男に詰め寄った。

「否——そう答えたら、どうするつもりだ？」

男は挑発するように言った。

「次を捜します」

「金は？」

「もういいです。どうせ、返す気などないのでしょう」

「お前は、大店《おおだな》の放蕩《ほうとう》息子ってところか？」

「今は、関係ありません」

「図星か。金持ちのお前からしてみれば、端金《はしたがね》ってところだな」

男の言い分に、苛立《いらだ》ちが募った。

確かに、八十八の家は古くから続く呉服屋で、それなりに儲《もう》かっている。食うのに困るようなことはなかったが、だからといって贅沢《ぜいたく》をしているわけではない。

幼い頃より、父の源太からは、金を粗末にするなと口をすっぱくして言われてきた。

「金は大事です。しかし、それより姉さんの方が大事です。それだけのことです」

八十八が言うと、男は声を上げて高らかに笑った。

「面白い男だ。いいだろう。少しだけ、付き合ってやる」

「ですから、あなたの酒宴に付き合う暇はありません。姉さんを救わなければ……」

「だから、お前の姉さんの憑きものを、落としてやろうと言っているんだ」

男は、「よっ」とかけ声とともに立ち上がった。

こうして、正対してみると、ずいぶんと上背があり、八十八は男の顔を見上げる恰好《かっこう》になった。

「今、何と？」

「憑きものを、落とすって言ったんだよ」

「できるんですか？」

「何を今さら。できると思ったから、わざわざ、ここまで追いかけて来たんだろうが」

それは、そうだが——疑う気持ちがあったのも事実だ。

高名な寺の僧侶にもできなかったことが、得体の知れない、盗人《ぬすっと》まがいの男にできるのだろうか？

今になって、少々不安になってきた。

「しかし、どうやって……」

「おれには、見え過ぎちまうのさ」

「見え過ぎる？」

盲目の男の台詞《せりふ》としては、かなり違和感がある。

「まあ、どうでもいい。四の五の言わずに、お前の姉さんのところに案内しろ」

「は、はい」

男の迫力に圧《お》され、すぐさま駆け出そうとする。が、その前に男に呼び止められた。

「その前に、景気づけだ。呑め」

そう言って、男は盃を八十八の眼前に突きつけた。これを断って、機嫌を損ねられたりしたら厄介だ。

八十八は、盃の酒を、一息に呑み干した。

三

「ほう。なかなか立派な家だな」

八十八が、家の前まで案内すると、男は顎に手をやり、感心したように言った。

男の言うように、江戸の初期から続く呉服屋である八十八の家は、それなりの大きさがある。だが――。

「分かるんですか？」

「分かるさ。こんな眼でも、見えるものがあるのさ」

男は、両眼を覆う赤い布に手を当てた。

いったい、どういう意味なのか――疑問をぶつけようとしたとき、家の中からバタンッと何かが倒れたような、けたたましい音がした。

――何かあったのか？

八十八は、慌てて家の中に飛び込んだ。

「あれ？」

奇妙だった――。

普段は、使用人の寛一《かんいち》がいるはずなのに、その姿が見えない。何ともいえない異様な空気が漂っている。

――嫌な予感がする。

八十八は、ごくりと喉を鳴らして息を呑み込んだ。

すると――奥から「ひぃ！」と悲鳴にも似た声がした。

八十八は、考えるより先に駆け出していた。

お小夜に何かあったのかもしれない。廊下を走る八十八の耳に、再び「ぎゃっ」という悲鳴が聞こえた。

と、同時に、襖が突き破られ、目の前に人が転がり出て来た。

八十八は、驚きとともに足を止める。

寛一だった――。

「た、助けて下さいまし……」

寛一が、八十八にすがりついてくる。見ると、二の腕の辺りを斬られていて、血が流れ出していた。

「何があったんですか？」

寛一が答える前に、座敷から、ぬうっと女が姿を現わした。

——姉さん。

長い髪を振り乱し、肩を上下させながら、しゅうっ、しゅうっ——と荒い呼吸《いき》をしている。

その手には、血の滴り落ちる短刀が握られていた。

「ひゃぁ！」

寛一は、悲鳴を上げながら、脱兎《だつと》のごとく逃げ出して行った。

八十八は、その場から動かなかった。

いや、正確には動けなかった。

目の前にいるのが、姉のお小夜だということは分かっている。だが、それでも、恐ろしいと感じた。

「どこ——だ——」

お小夜が、ささくれ立った声で言う。

「姉さん」

呼びかけてみたが、まるで耳に届いていないらしい。

お小夜は、飢えた獣のように血走った目で、じっと八十八を睨み付ける。

ひゅーっ、ひゅーっと喉が鳴る。

「どこへやった！」

お小夜は、金切り声を上げると、短刀を高く振り上げた。

切っ先が煌《きら》めく。

——逃げなければ。

意に反して、身体が硬直して動かなかった。まるで、金縛りにあったようだ。

短刀が、真っ直ぐに振り下ろされる。

——殺《や》られる！

八十八は、固く瞼《まぶた》を閉じた。と、同時に、ドンッと何かに突き飛ばされ、床の上を転がった。

——何があった？

顔を上げると、あの男が、短刀を振り回すお小夜と揉《も》み合っていた。どうやら、あの男に助けられたらしい。

男は、お小夜の腹を軽く押し出すように蹴る。

お小夜は、後退《あとずさ》りしたが、すぐに体勢を立て直す。

「仕方ない。本気で行くぞ」

男は舌打ち混じりに言うと、眼を覆っていた布をむんずと掴んで引き下ろした。

——やはり！

男は盲目などではない。見えていたのだ。

お小夜が、跳び上がって、男に襲いかかる。だが、途中で崩れるように、パタリと倒れて動かなくなった。

何が起きたのか、八十八には、さっぱり分からなかった。

我に返って倒れているお小夜に駆け寄る。

「姉さん!」

「案ずるな。気を失わせただけだ」

男が言った。

確かめてみると、確かに息をしている。

「助かりました……」

八十八は、ほっと胸を撫《な》で下ろした。

「これも仕事のうちさ」

男は、こともなげに言うが、なかなかできることではない。

現に寛一は悲鳴を上げて逃げ出してしまったし、八十八は動くことすらできなかった。

これほどの状況に、平然と対応できるのだから、この男は土方が言っていたように、相当な腕の憑きもの落としなのかもしれない。

それに——。

「あっ……」

顔を上げ、男の顔を見た八十八は、思わず声を上げた。

予想していた通り、赤い布が外された男の両眼は、しっかりと開いていた。そればかりか、その瞳は燃えさかる炎のように、真っ赤に染まっていた。

「見られちまったか……」

男は、苦々しく言うと、慌てて布を引き上げて両眼を隠そうとした。

「なぜ隠すのです？」

八十八が訊ねると、男は口許を歪めた。

「阿呆なことを訊《き》くな。気味悪がられたり、恐《こわ》がられたりするからに決まっているだろう」

「本当に、そうでしょうか？」

「何？」

「いや、だって、私は今までに、これほどまでに美しい瞳を見たことがありません。恐れられる理由などありませんよ」

八十八が言うと、男の赤い瞳が、わずかにゆらいだ。

それから、ふんっと鼻を鳴らして再び布で眼を覆い隠すように締め直し、嘲《あざけ》るように笑った。

「世の中は、お前のような阿呆ばかりではないんだ」

「そういうものですかね？」

「人は、己《おのれ》と違う者を忌み嫌うのさ」

「そんなことないと思います」

「甘いな。そうでなきゃ、隠したりはしねぇよ」

男の声は、ひどく哀《かな》しげだった。

否定しようかと思ったが、何も言葉が出て来なかった。男が言うように、己と違う者を忌み嫌う者がいるのもまた事実だ。

何か慰めの言葉をと思ったが、止めておいた。きっと、男もそんなことは望んではいないだろう。

「この瞳は、生まれつきだ――」

男は、すっかり両眼を覆った赤い布に手をやった。

「生まれつき？」

「そうだ。なぜ、こうなったのか、理由は知らん。血筋かもしれんが、何せ、自分の親と会ったことがないから確かめようがない」

男は、そう言って笑った。

しかし、そこに滲《にじ》む感情は、喜びなどではなかった。言うなれば、圧倒的な孤独――。

八十八など、想像もできない苦労を強いられて来たに違いない。

「瞳の色のせいかどうかは分からぬが、おれには見えるんだよ」

——見える？

「何がです？」

「死んだ者の魂。つまり——幽霊だ」

男は微かに笑った。

四

「どうか、このことは、旦那様にはご内密に——」

八十八の前に座した寛一は、白髪《しらが》交じりの頭をしきりに下げた。五十路《いそじ》の小柄で痩身《そうしん》な男が、萎縮してより小さく見える。

今回の騒動の発端は、寛一だったらしい。

お小夜に憑きものが付いてからは、ずっと奥の納戸《なんど》につっかい棒をして、閉じ込めていた。本当は、そんなことはしたくないのだが、暴れるので致し方なくだ。

寛一が、食事を運び込もうとつっかい棒を外したところ、お小夜が部屋を出て暴れ出した——というのが、今回の一件の顚末《てんまつ》だ。

父の源太は、使用人に対して、きつく当たるようなことはしないが、ことがことだけに、寛一は何らかの責めを受けるかもしれない。

「大丈夫です。父には内緒にしておきますから」

八十八が笑顔で言うと、寛一はようやくほっと胸を撫で下ろした。

寛一が、この店で働くようになったのは、一年ほど前のことだ。

それまでは、自分で店を持っていたのだが、潰れてしまった。路頭に迷っているところを、源太に拾われたのだ。

恩義がある身なので、迷惑をかけたくないこともあるだろうが、ここを追い出されたくないという思いも強いはずだ。

まあ、大変だったが、あの男のお陰で事なきを得た。今は、お小夜も元の納戸に戻してある。あとは、壊れた襖を何とかすれば、大丈夫だろう。

それに八十八自身、今は源太と顔を合わせたくはなかった。お小夜が仲裁してくれたとはいえ、喧嘩のあとの気まずい空気は未《いま》だに続いているのだ。

「ありがとうございます。では、私は後始末がありますので、これで――」

「おい」

出て行こうとした寛一を、両眼を赤い布で覆った男が呼び止めた。

部屋の壁に寄りかかるように座りながら、難しい顔で腕組みをしている。

「何でしょう？」

「女が持っていた短刀——あれは、どこから手に入れたものだ？」

男が問う。

「私には、分かりませぬ。もしかしたら、元々、納戸にあったものかもしれません」

寛一の説明を聞き、八十八は「ああ」と思い出した。

「確か、納戸の箱の中に、短刀があった気がします」

「だったら、また同じことが起こる。ちゃんと別のところに移しておけ」

男の意見はもっともだ。再び刃物を持ち出されたりしたら、どうなるか分かったものではない。

「私が、やっておきます」

寛一は、そう言って部屋を出て行った。

それと同時に、男がすっと立ち上がり、つかつかと文机《ふづくえ》に歩み寄った。

「これは、お前が描いたのか？」

男が、机の上に積み重ねた絵を指差しながら言った。

八十八が「そうです」と答えると、男は両眼を覆った赤い布をずり下ろし、手に取って絵を眺め始めた。

こうやって目の前で、自らの絵を見られるのは、思いの外《ほか》気恥ずかしい。が、同時に男が自分の絵をどう見たのか気になった。

「如何《いかが》ですか？」

八十八が訊ねると、男はふんっと鼻を鳴らして笑った。

「なかなか上手《うま》い」

素直に褒められたことで、表情を緩めた八十八だったが、それも一瞬のことだった。

「だが、それだけだ――」

「と、言いますと？」

「この絵には、まるで力がない」

男の言葉に、八十八は落胆しつつも、納得していた。

「やはり、力がないですか？」

「ないね。たとえばこの絵――」

男は、赤い着物を着た女の絵を手に取った。お小夜を描いた絵だ。

「実に丁寧に描かれている。色合いも悪くない。だが、それだけだ。何も伝わって来ない。死人と同じだ。いや、死人は死人で、そこに宿るものがある。見たものの心を動かせないなら、絵などただの印と変わらん」

酷《ひど》い言われようだが、返す言葉がない。

もしかしたら、自分には絵の才がないのでは――とすら思えてくる。

源太の言う通り、絵などにうつつを抜かさず、跡取りとして商いを学ぶべきなのかもしれない。

「それに引き替え、この絵は生きている――」

男は、八十八の絵を畳に放ると、壁にかけてある絵に歩み寄った。

一人の女が、膝を崩して座り、睡蓮《すいれん》の花を眺めている姿が描かれている。

誰が描いたのかは分からない。蔵の奥に仕舞ってあったのを、幼い八十八が見つけて引っ張り出して来たものだ。

八十八が、絵を描きたいと思ったのは、この絵を見たからに他ならない。

あのときの衝撃は、はっきりと覚えている。まるで、雷に打たれたようだった。

この絵は、ただ美しいだけではない。描かれている女の心情までもが伝わってくるかのようだった。

さっきの男の言葉を借りるなら、この絵は生きている。

「やはり、お前の絵は屑《くず》だな」

男が容赦なく言った。

「それより、どうだったんですか？」

聞いているのが辛《つら》くなり、八十八は本題を切り出した。

男は「どうとは？」と首を捻《ひね》る。八十八が、「姉には幽霊が憑いていたのですか？」

と問うと、ようやく思い出したらしい。

「ああ。間違いなく憑いているな」

男は八十八の前にあぐらをかくと、瓢《ひさご》から腰盃《こしはい》に酒を注ぎ、ぐいっと一息に呑み干した。

「では、早く祓《はら》って下さい」

八十八がお願いすると、男はふんっと鼻を鳴らして笑った。

「まったく。相変わらずの阿呆だな。祓えるものなら、とっくに祓ってる」

「いや、でも……」

――憑きものを落とす。

そう言っていたはずだ。だから、わざわざここまで連れて来た。

「お札《ふだ》を貼ったり、経を読んだところで、とり憑いた幽霊を祓うことはできねぇよ」

「え？」

驚きとともに、困惑が広がる。

「おれのやり方は、他とは少しばかり違うんだ」

「どう違うのです？」

八十八が、ずいっと身を乗り出すと、男が緋色《ひいろ》の瞳で真っ直ぐに八十八を見据えた。

あまりの美しさに「おおっ」と唸《うな》る。

「いちいち反応するな。阿呆が」

「いや、しかし、綺麗《きれい》なものは綺麗だから仕方ないです」

「まったく、妙な野郎だ」

男は、もう一杯酒を呑む。

丸熊でも相当呑んでいた。これだけ酒を呷っているのに、この男の白い肌は、一向に赤くならない。

「で、違うというのは？」

「さっきも言ったが、おれのこの眼には、幽霊が見える」

「はい」

「疑わねぇのか？」

「ええ。それだけ綺麗なら、そういうことができても、不思議ではないかと――」

八十八が言うと、男は舌打ちをした。

「理屈が無茶苦茶だな」

「そうですか？」

おかしいことを言っているという感覚は、八十八にはない。

「まあいい。とにかく――おれは、ただ見えるだけなんだ。それ以外は、何もできない。仏も神もくそ喰《く》らえだ」

「つまり、憑きものは落とせない――と」

「結論を急《せ》くな。阿呆が」

「す、すみません……」

「見えるということは、そこに何があるかが分かるということだ。幽霊も、ただ暇潰しに彷徨《さまよ》ってるわけじゃねぇ。何か目的があるから、現世に留《とど》まっているんだ」

「目的――ですか？」

「そうだ。恨みだったり、未練だったり、まあ色々だ――」

「そういうものですか？」

「そういうものだ。だから、幽霊が現世を彷徨っている原因を見つけ出し、それを解消してやるってわけだ」

「なるほど」

理に適《かな》っているような気がする。もしかしたら、お札や経で強制的に追い払うよりも、確実な手段かもしれない。

「では、姉さんに憑いている幽霊は、何故《なにゆえ》、現世を彷徨っているのですか？」

「問題はそこだ。さっき見た感じでは、何かを探しているようだった」

「何か――とは？」

「それを、今から探すんだろうが」

男が、再び酒を呷った。

「探す？」

「そうだ。まずは、お前の姉さんが、どこで幽霊に遭ったか――だ」

「廃屋となっている長屋です」

使いに出たまま、帰って来ないお小夜を心配して、あちこち捜し回った。八十八はもちろん、近所の人たちも協力して捜してくれた。

朝方になって、丸熊の亭主である熊吉が、打ち捨てられた長屋に倒れているお小夜を見つけて、運んでくれたのだ。

「では、明日、そこに行ってみるとしよう。神社で待っている。朝いちで案内に来い」

男は赤い布を巻き直してから立ち上がり、部屋を出て行こうとする。

八十八は「あの――」と、それを呼び止める。

「何だ？」

「まだ、名前を聞いていませんでした」

「名前――か」

男は、尖《とが》った顎先に手を当てて唸る。

「はい」

「おれは、風任せに流れる雲のような存在だ。名などない」

名前がないはずがない。

自分の名前が余程嫌いなのか、あるいは、名乗れない事情があるのか――どちらにしても、深く追及してはいけない気がした。

とはいうものの――。

「呼び名がないと、不都合があります」

「だったら、お前の好きなように呼べばいいだろ」

そう言われると、逆に困ってしまう。

だが、八十八はすぐにしっくりくる呼び名を思いついた。

「それでしたら、『浮雲《うきくも》』というのはいかがですか？」

さっき男が、自らを風任せに流れる雲だと喩《たと》えた。ならば、浮雲と呼ぶのが相応《ふさわ》しい気がした。この男の容姿にも、合致するような気がする。

「浮雲ねぇ……」

「はい」

「悪くない」

男は口許に微かに笑みを浮かべたあと、部屋を出て行った――。

五

八十八は、翌日、神社に足を運んだ。

浮雲がいる神社だ——。

本当は、もっと早くに足を運ぶつもりだったのが、店の仕事を幾つか手伝わなければならず、結局、昼近くになってしまった。

「おはようございます」

社に向かって声をかけてみたが、返答はなかった。

——先に行ってしまったのだろうか？

八十八は、社の階段を上り、格子戸をそっと開けてみた。浮雲の姿は見えなかった。

しかし、瓢と金剛杖は置かれたままだ。

「浮雲さん！」

声を張って呼びかける。すると——。

「聞こえてるよ」

どこからともなく声がした。浮雲の声だ。

階段を下り、慌てて辺りを見回してみたが、どこにもその姿はない。

「どこにいらっしゃるんですか？」

声を上げながら、神社の境内をうろうろと歩き回る。

と——不意に目の前の茂みががさっと揺れ、ぬっと黒い影が立ち上がった。

「ひっ！」

八十八は、驚きのあまり悲鳴とともに飛び退く。

「何をそんなに慌てている」

憮然《ぶぜん》とした面持《おもも》ちで立っていたのは、浮雲だった。

人目がないからか、赤い布は巻いておらず、鮮やかな緋色の瞳が八十八に向けられた。

やはり、綺麗な色をしている。どんな顔料を使えば、あのような色が出せるのだろう——。

「急に出てくるからです」

「呼んだのは、お前だろう」

「まあ、そうですが……そんなところで、何をしていたんです」

「脱糞《だっぷん》に決まっている」

浮雲は、自慢げに言うと社に向かって歩き出す。

決まってはいないだろう——八十八は、呆《あき》れながらもその後を追う。

「先に行かれてしまったのではと、心配しました」

「お前は、相も変わらず阿呆だな」

社に戻った浮雲は、どっかと座り、赤い布で眼を覆いながら言う。

「へ？」

「長屋の場所を聞いていない。先に行けるわけがなかろう」

言われてみればそうだった。

「では、参りましょう」

八十八が言うと、浮雲が「行こう」と立ち上がった。

「浮雲さんは、どちらのご出身なのですか？」

神社を出た八十八は、長屋に向かう道すがら訊ねてみた。

「知ってどうする？」

赤い布に隠れて、その眼は見えないが、描かれた眼に、侮蔑の色が浮かんだような気がした。

「別に、どうもしません。ただ、知りたいだけです」

「なぜ知りたいと思う？」

「人を知るためには、その人の歩んで来た道を知ることも大切だと思います」

「阿呆だな」

「何がです？」

「生まれた場所で、その人間が決まるわけじゃない。知ったところで、人の本質は何も分からん」

断定的なもの言いだった。

浮雲の考えにも一理ある――そう思いながらも、反論したくなってしまった。

「そういうものでしょうか？」

「そういうものだ。それに、おれは一所《ひとつところ》に五年といたことがない。出自と呼べるような場所がないのさ」

浮雲は、呟くように言うと、空に顔を向けた。

夏の青い空の下、雲が一つ浮かんでいた。

どんな過去があったかは知らないが、その横顔を見ていると、それがひどく哀しいものであったのでは――と思えてくる。

それからは、言葉を交わすことなく、黙々と歩き続けた。しばらくして、件《くだん》の廃屋となった長屋が見えて来た。

「姉さんが倒れていたのは、一番奥の部屋だそうです」

八十八は、足を止めて指差した。

浮雲は躊躇うことなく、長屋の部屋に入って行こうとする。

「ちょっと待って下さい」

八十八は、慌てて浮雲の腕を引っ張った。

「何だ?」

「危なくないんですか?」

「何がだ?」

浮雲が首を捻る。

「いや、ですから、ここは姉さんが幽霊にとり憑かれた場所ですし……」

「だから安全なんだろうが。阿呆」

「そっか……」

浮雲の言う通りだ。ここにいた幽霊は、今はお小夜に憑いている。ということは、今はここにはいないということだ。

八十八は、浮雲と一緒に長屋の中に足を踏み入れた。

建物全体が傾き、部屋の中は埃《ほこり》を被《かぶ》っていて、今にも崩れ落ちそうだ。浮雲が根城にしている神社の方が、よほど立派に見える。

浮雲は、赤い布を外してから腐った畳に足を踏み入れると、ゆっくりと部屋の中を見て回る。

——何をしているのだろう?

「うむ。酷いもんだな……」

しばらくして、浮雲が険しい顔をした。

「何がです？」

八十八が訊ねると、浮雲はふうっと息を吐いた。

「おそらく、お前の姉さんに憑いた幽霊は、ここで殺された――」

「なぜ、それが分かるのですか？」

「ここを見ろ。刀傷だ。かなり古いがな」

浮雲が、柱の中ほどを指差した。

確かに刀傷のような痕が残っていた。

「それと、ここ――」

次に、浮雲は部屋の隅を指差す。

畳と壁に、墨をぶちまけたような染みが残っていた。

「これは？」

「たぶん、血の痕さ――」

浮雲はさらりと言った。八十八は背筋が寒くなる。

「姉さんに憑いている幽霊は、強い恨みを抱いて、自分を殺した者を捜しているのですか？」

「まあ、そう考えるのが妥当だな」

た。

「殺した輩《やから》を捕らえれば、姉さんは助かるんですね」

「そういう考え方もある」

今までは、暗闇の中を手探りで彷徨っているようだったが、浮雲の言葉で光明が見え
「しかし、どうやって捜せば……」

「どこかに、事件を知っている奴がいるだろう。前に、この長屋に住んでいた奴とか」

「なるほど」

「分かったら、報《しら》せに来い」

浮雲は、そう言うと赤い布で眼を覆い、部屋を出て行ってしまう。

八十八は、慌ててそのあとを追いかける。

「報せに来いって、一人でやるんですか？」

「当たり前だ。これくらい、阿呆でもできるだろ」

「しかし……」

反論しようかと思ったが、浮雲は聞く耳持たずで、そのまま歩き去ってしまった——。

六

八十八は多摩《たま》にある百姓家の一間にいた――。

あれから、件の長屋に住んでいたという人物を捜して、あちこち訊いて回った。呉服屋という商売柄、人脈はそれなりにある。

丸熊の熊吉にも手伝ってもらい、夕刻過ぎになって、ようやく目当ての人物を見つけ出し、こうして訪ねて来たというわけだ。

目の前に座る男は、六輔《ろくすけ》といった。七十は超えようかという老人だ。女房に先立たれたのをきっかけに、息子のいる多摩に移り住んだらしい。

最初は「ずいぶん昔のことで、大したことは覚えていない」と言っていたが、八十八が必死に事情を説明すると、諦めたように語り出した。

「あれは嫌な出来事だった……」

六輔は、嗄《しわが》れた声で言った。

窓から差し込む夕陽で、六輔の顔の皺《しわ》が、一層深くなったような気がした。

「何があったのですか？」

八十八は、ずいっと身を乗り出す。

「あれは、十七年前のことだったかな――」

「十七年――」

八十八が生まれたかどうかの頃だ。思ったよりずっと昔の話のようだ。

「わしが住んでおったのは、惨事があった部屋の隣だ」

「そうでしたか」

相槌《あいづち》を打ちながら、八十八は胸騒ぎを覚えた。

「隣に住んでおったのは、伍郎《ごろう》という男と、その女房だった」

「伍郎さんという人は、何をされていたんですか？」

「絵を描いておった」

「絵師だったんですね」

「春画とか、そういう類《たぐい》だ。誰かの弟子だったらしいが、詳しくは分からん。まあ、それだけで食っていけるわけもなく、女房は外に働きに出ていたな」

八十八自身、絵師を志そうとしていたので、絵だけではなかなか食っていけないことは重々承知している。

伍郎が春画を描いていたのも、それが描きたくてというより、そういった絵でなければ売れなかったからだろう。

八十八は「それで――」と先を促した。

「二人とも大人しくて、仲のいい夫婦だったんだが、妙な噂《うわさ》があってな――」

「噂ですか」

八十八は、乾いた唇を舐《な》めた。

「何でも、伍郎ってのは、盗賊の一味だったたっていうんだ」

「なんと！　それは本当ですか？」

「はっきりしたことは分からねぇよ。噂だからな」

「しかし、なぜそのような噂が……」

それだけ物騒な噂が立つからには、相応の理由があるはずだ。

「伍郎ってのは、版元《はんもと》から頼まれて、遊女の春画を描くことがあったんだが……。ある日、そのために出入りしている遊郭が、盗人に襲われて死人が出た。どうも、伍郎が手引きしたらしいってな」

「本当なら酷い男ですね」

「わしには、そんな風には見えなかった。多少、気難しいところはあったが、まあ、隣近所ともうまく付き合っていたし、これといって問題もなかった」

六輔は煙管《きせる》を取り出して火を点《つ》け、一服吸ってから話を続ける。

「それが、あの日――確か、弥生《やよい》の終わりの頃だった。女房と寝ていたら、隣から物音が聞こえたんだ。最初は、痴話喧嘩の類だろうと思って、そのまま寝ていたんだが、そのうち悲鳴がまじった」

「悲鳴――ですか」

「うちの女房は、陣痛が始まったんじゃねぇかって言った」

「身重だったのですか?」

「ああ。もうそろそろだ——なんて話してたところだったんだ。で、様子を見に行った」

六輔は、再び煙管を吸い、目を細める。

「見に行って、どうなったんですか?」

八十八は、汗が滲んで来た手を握り締めながら訊ねた。

何だか、ひどく嫌な予感がする。

「外に出てみて吃驚《びっくり》よ。部屋の前に、伍郎が死人のような青白い顔で立っていたんだ。左手に何かを抱え、右手には刀を持っていた」

「刀を——」

「おうよ。しかも、刀も伍郎の着物も、血で真っ赤に染まっていやがった」

六輔は苦い顔をして、首を左右に振った。

八十八は、その様を想像し、身体を震わせた。恐くはあるが、同時に、好奇心もくすぐられた。

「それで、どうなったんですか?」

八十八はそう訊ねると、息を呑んで六輔の言葉を待った。

「伍郎は、そのまま走り去って行きやがった。わしは、足がすくんで、追いかけるなんてできなくてなぁ……しばらく、突っ立って呆けていたのさぁ」

六輔の眉間《みけん》に、深い皺が刻まれる。

「いったい、何があったのですか？」

八十八が先を促すと、六輔はうんと頷《うなず》いてから続けた。

「詳しいことは分からん。部屋を覗いて、さらに吃驚よ。そこに何があったと思う？」

「何があったんです？」

「骸《むくろ》よ」

「骸？」

「ああ。伍郎の女房の――」

「伍郎さんが――斬ったのですか？」

「だろうな。肩口から袈裟懸《けさが》けに斬りつけられていたのさ。だが、それだけじゃねぇ」

「と、いうと？」

「肝心なものが、なかったのさぁ」

「肝心なもの――とは？」

「赤子よ」

「え？」

「女房は、腹をかっ捌《さば》かれていてな。赤子が引っ張り出されていたのさぁ」

八十八は、驚きのあまり声が出なかった。

斬り殺すだけでは飽きたらず、腹を割いて、中から赤子を取り出すなど、とても人間の所業とは思えない。

「伍郎という人は、正気を失っていたのですか?」

「そうだろうなぁ……今になって思えば、伍郎が抱えていたのは、赤子だったのかもしれねぇ」

「ほ、本当ですか?」

「いや、だからさ、はっきりしたことは分からねぇ。あれっきり、赤子の行方も分からねぇし、伍郎もおっ死《ち》んじまったからな……」

「死んだ?」

「翌朝、川に浮いてたのさ。腹をかっ捌いてな。だから、まあ、あれだな……」

「自害した」——そういうことだろう。

八十八は、気が重くなり、ため息混じりに口にした。

「まあ、無理心中だったんだろうって噂はあったが、二人とも妙法寺に無縁仏として葬られたんだ」

「色々、ありがとうございました」

八十八は、礼を言ってから立ち上がった。

かなり前のことであるにもかかわらず、六輔が仔細《しさい》を記憶していてくれて助かった。部屋を出ようとしたところで、八十八は、ふと足を止めた。

「あの――」

「何だ？」

「六輔さんは、その事件の後も長屋に住んでいたんですか？」

「ああ。五、六年は住んでたな」

「その間、隣に住んだ人はいましたか？」

「いねぇよ。さすがに、気味が悪いからな」

それはそうだ。人が殺されたと知っていて、そうそう住みたがる者はいない。

「隣の部屋に幽霊が出た――という話は、聞きませんでしたか？」

八十八の問いに、「聞いたことはねぇな」と答えた。

もし、お小夜に憑いている霊が、伍郎の女房だったとして、なぜ十七年も経《た》った今になって、彷徨い始めたのだろう？

八十八は、疑問を抱えながらも、六輔に礼を言って部屋を出た。

七

の前辺りだ。

「八十八さん」

多摩から四谷に戻り、歩いていると八十八は、不意に声をかけられた。ちょうど丸熊

顔を上げると、そこには知っている顔があった。

石田散薬の土方だ――。

背が高く、男でも見惚《みと》れてしまうほど、整った顔立ちをしている。薬屋というより、

歌舞伎役者のような華やかさがある。

ただ、眼光はいつも鋭く、何とも謎の多い男ではある。

「土方さん。先日は、ありがとうございました」

「何のことです？」

「例の憑きもの落としの件です」

「ああ。大したことではありません。気難しい男ですから、充分に注意して下さい」

土方が小さく笑った。

「誰が、気難しいって？」

唐突に、声が降って来た。

顔を上げると、丸熊の二階の障子から、浮雲が顔を覗かせていた。

眼は赤い布で覆っている。どうやら、あれでも視界は確保できているらしい。

「無駄口を叩いてないで、さっさと上がって来い」

浮雲が顎をしゃくる。

八十八は、土方にもう一度謝辞を述べ、丸熊の縄のれんを潜った。熊吉に挨拶をしてから二階の座敷に上がる。

浮雲は、例の如《ごと》く壁に寄りかかり、盃で酒を呷っていた。この男は、常に酒を呑んでいる気がする。

「それで何か分かったか？」

浮雲は布をずり下げ、緋色の瞳で八十八を見据えてから訊ねて来た。

「色々と話は聞けました」

八十八は、そう言いながら浮雲の向かいに腰を下ろす。

「聞かせろ」

浮雲は、八十八に酒の入った盃を差し出して来た。

八十八は酒を一口すすり、一息吐《つ》いてから口を開いた。六輔から聞いた話を、詳細に説明したので、かなりの時間を要した。

浮雲は、ときどき「ほう」とか「やはりな」などと相槌を打ちながら、真剣に耳を傾けている。

「お前の姉さんに憑いている幽霊は、十中八九、その伍郎の女房だろうな――」

八十八が話し終えると、浮雲は尖った顎に手をやりながら、自信たっぷりに言った。

「なぜ、そうだと言い切れるんです？」

「お前の姉さんに憑いていた幽霊は、肩口と腹に刀傷があった。六輔とかいう爺《じじい》の言う状況と同じだ」

「しかし六輔さんの話が、事実とは限りません。何せ、十七年も前のことですから」

八十八が口にすると、浮雲が左の眉をぐいっと吊《つ》り上げ、睨み付けてきた。

その迫力に圧され、八十八は少しばかり身じろぎする。

「見かけによらず、疑《うたぐ》り深い奴だな」

「先入観を持ってしまったら、見えるものも見えなくなります」

八十八が言うと、浮雲はふんっと鼻を鳴らした。

「いい心がけだ。まあ、他にも断定するだけの根拠はある」

「何です？」

「伍郎という男の女房は、加代《かよ》という名だったそうだ」

「なぜそれを？」

「土方に調べさせたのさ。あいつの持ってくる話は、信頼がおける」

さっき土方が、丸熊の前にいたのは、そういうわけか——と納得する。

どういう手段を使ったのかは知らないが、土方なら、そういった情報を集められそうな気がする。それだけ特異な雰囲気を持った男だ。

「しかし、分からないことがあります」

八十八は、気持ちを切り替えてから訊ねた。

「何だ？」

「昨晩の話では、姉さんに憑いている幽霊は、自分を殺した者を捜している——そういうことでしたね」

「ああ」

「しかし、今までの話をまとめると、加代というお人は、自分を殺したのがご亭主の伍郎だと分かっていた——ということになります」

六輔が争うような物音や悲鳴を聞いているのだから、加代は、寝ているところをいきなり斬りつけられたというわけではなさそうだ。

暗かったとはいっても、相手は亭主である。それに気付かないということは、考え難い。

「そうだろうな」

浮雲は、あっさりと言う。

「そうなると厄介です。伍郎はもう死んでいるんです。どうしようもありません」

「もし、加代の捜しているのが、伍郎なら、そういうことになるな」

浮雲はこともなげに言うと、大きく伸びをした。

まるで他人事《ひとごと》である。まあ、実際、他人事ではあるのだが、ここまで来たら、最後まで付き合ってもらわなければ困る。

「無責任なことを言わないで下さい。このままでは、姉さんは……」

八十八の言葉を、手を翳《かざ》して浮雲が制した。

「急くな」

「しかし……」

「さっきも言ったろ。加代の捜しているのが、伍郎なら、見つけようがない。だが、別の人物だとしたら、まだ見込みはあるさ」

「別の……それはいったいどういうことです？」

八十八が、身を乗り出すようにして訊ねると、浮雲は呆れたように長いため息を吐いた。

「お前は、鋭いんだか、鈍いんだか、分からん奴だな」

そんなことを言われても、分からないものは分からない。

「教えて下さい」

「だからさ、その事件のあとに行方知れずになっている奴がいるだろ」

八十八は、すぐに答えに思い至った。

加代の腹から取り出されたという――赤子だ。

「つまり、加代は、自分の子どもを捜している――というわけですか」

「そういうことだ」

納得はしたが、同時に暗い気分になる。

「しかし、状況から考えて、その赤子はおそらく……」

――生きてはいまい。

結局、振り出しに戻ってしまった。死んでいるのなら、伍郎と同じく、見つけようがない。

呆然とする八十八に反して、浮雲は意味深長な笑みを浮かべ、酒を一息に呷った。

八

八十八は、妙法寺のお堂の板の間に正座していた。

浮雲は例の如く両眼を赤い布で覆い、緋色の瞳を隠していた。片膝を立て、金剛杖を抱えるような姿勢で座っている。

蠟燭《ろうそく》の灯りが、風もないのにゆらゆらと揺れた。

「お小夜さんは、その後、如何ですか？」

向かいに座る妙法寺の住職、道斉《どうさい》が訊ねて来た。

お小夜の憑きものを最初に祓おうとしたのが、目の前にいる道斉だった。

穏和で、たいそう位が高いらしいが、それを鼻にかけるようなことはしない人格者だ。

そんな道斉だからこそ、余計な隠しごとは無用と考えた。

「それが……一向に回復の兆しが見えません……」

「左様《さよう》ですか。力及ばず、申し訳ありません」

道斉が、深々と頭を下げる。

「どうか、頭を上げて下さい。別に、責めているわけではありませんから」

「いいえ、源太さんにも申し訳が立ちません」

「尽力して下さったことは、父も分かっていますよ」

「ですが……」

道斉は、言いかけた言葉を呑み込み、浮雲に目を向けた。

口には出さないが、この場にいるのを不審がっているのが、ありありと伝わってくる。

「こちらは、浮雲さんです。その……」

紹介しようとしたが、道斉の前で、憑きもの落としだと口にするのは憚《はばか》られた。それこそ、道斉を責めているようなものだ。

「八とは、ちょっとした友人でな」

浮雲はそう言うと、瓢から腰盃に酒を注いで、ぐいっと呷った。

「友人？」

道斉が眉を顰《ひそ》める。

「八からお小夜さんの話を聞き、思いあたることがあったので、こうして足を運ばせてもらった」

浮雲は、飄々《ひょうひょう》とした調子で言う。

「どういったことです？」

道斉が訊ねる。

「おそらく、お小夜さんに憑いている幽霊は、十七年前に、この近くの長屋で殺された、加代という女だ」

「加代？　なぜ、それが分かったのですか？」

「加代というのは、おれの生き別れになった姉なんだ」

浮雲の迫力のある言い方に圧されたのか、道斉は戸惑いながらも「そういうことでしたか」と得心したような返事をした。

咄嗟《とっさ》に、ここまで平然と嘘《うそ》が吐《つ》けるのだから、なかなかの玉だ。

「姉は、ここに葬られたと聞いた」

浮雲が言うと、道斉は「いかにも」と大きく頷いた。

「加代さんは、源太さんとも縁がありました故に、この寺で弔いをさせて頂きました」

「父と縁が？」

八十八は、思わず口にした。

「ええ。加代さんは、源太さんの店で、下働きをしていたんです」

「そうだったんですか……」

初耳だった。

「実は、加代さんのご亭主の伍郎は、源太さんの幼馴染《おさなな じ》みでしてね。まあ、私もそうなんですが……とにかく、そんな縁もあってのことです」

そんな話は聞いたことがなかった。しかし、まだ八十八が生まれる前のことだ。知らなくて当然だ。

それに、伍郎は女房を惨殺した上、自害したかもしれないのだ。おいそれと口に出したくなかったのだろう。

「あとで墓に参りたい」

浮雲が言うと、道斉が頷いた。

「裏手に無縁仏の墓がありますが……」

道斉が言い淀《よど》んだ。

「何か、問題でも？」

「実は十日前に降った大雨で、土砂が崩れ、墓石が倒れてしまったのです。お恥ずかしいことながら、補修が間に合っておりませんで……」

そういえば、お小夜がとり憑かれる前に、もの凄《すご》い雨が降った。川が溢れたり、土砂が崩れたりで、あちこちに被害が出ていた。

浮雲は、「ほう」と声を上げて、顎に手をやった。

「何か分かったのですか？」

八十八が訊ねると、浮雲がゆっくり顔を向けた。

赤い布に描かれた眼が、真っ直ぐに八十八を見据える。

「ああ。加代の幽霊が、なぜ今ごろになって、現われたのか――」

それは確かに疑問だった。

十七年も前に殺された女である。六輔の話でも、あの長屋に幽霊が現われるという話はなかった。

「なぜです？」

「だからさ、墓を動かしたからだよ」

「え？」

「そういうことがあるのさ。何かのきっかけで、眠っていた魂が起きちまうんだ」

浮雲は、赤い唇を歪めてにいっと笑った。

蒸し暑い堂内であるにもかかわらず、背筋が震えた。

「あなたは、僧侶であられるのですか？」

会話を聞いていた道斉が、疑問を投げかけて来た。

「まさか。おれは、見ての通りの盲目でね」

「目が見えなくても、仏門に入ることはできます」

「違《ちげ》えねぇ。そうなると、心がけの問題かね。とにかく、仏のほの字も知らないうつけ者さ」

浮雲は、これみよがしに酒を呷ってみせた。

それを見た道斉は、わずかに表情を曇らせたが、何も言わなかった。

「ところで、伍郎はどんな男だった？」

浮雲が、一息吐いたところで質問をする。

「そうですね……幼い頃より、絵ばかり描いていて、無口な男ではありました」

「剣術の類は？」

「いいえ。身体を動かすことは、不得手でしたね」

「女房を斬り殺すような男か?」

「そんなことはありません——と、言いたいところですが、現に、殺してしまったわけですから……」

「そうだな。おれからすれば、姉を殺した極悪人だ」

浮雲は挑発的な物言いだった。

加代が姉であれば、当然の発言だが嘘である。そんなことを知る由《よし》もない道斉は、沈痛な面持ちで「申し訳ございません」と詫《わ》びた。

「実を言いますと——」

道斉は、そこまで言ってから一瞬、間《ま》を置いた。

言うべきかどうか、迷っているといった感じだった。やがて、ふっと息を吐き出してから、「あの夜、伍郎がこの寺にやって来たのです」と続けた。

「一人で——か?」

浮雲が訊ねる。

「ええ。一人です。血塗れでやって来ました。手には、刀を握っている。どうしたのかと訊ねると、自分は女房を殺した——と」

「理由は?」

道斉は首を左右に振った。

「ただ、自分にはまだやることがある。女房を弔って欲しい――そう言うんです」

道斉の顔に刻まれる皺が、より深くなる。

「そのあと、どうなった？」

「言うだけ言うと、刀を持ったまま、走り去って行きました。翌日、川に浮かんでいるのが見つかりました……」

道斉がため息を吐くと、蠟燭の炎がゆらりと揺れた。

伍郎がやり残したことというのは、自害するということだろうと八十八は理解した。自らの行いの責任を取ったのだ。

堂内に沈黙が訪れた――。

どれくらいそうしていたのだろう。不意に、浮雲が立ち上がった。

「本当に、一人だったのか？」

よく響く声で言いながら、浮雲は金剛杖を肩に担いだ。

道斉は、浮雲を見上げて「はい」と頷く。

「嘘はよくない」

「え？」

八十八の方が驚いてしまった。

浮雲は、そんな八十八を気に留めることなく、道斉を見下ろす。布に描かれた眼が、怪しく光ったように見えた。

「本当は、一人ではなかったのだろう？」

「どういうことです？」

「伍郎は、一緒に連れて来たはずだ」

「誰をです？」

「生まれたばかりの赤子だ」

――そうか。

伍郎は、加代の腹を割き、中から赤子を取り出した。そして、それを抱えたまま走り去った。

その行き先が、妙法寺だった。

「存じ上げません」

道斉はきっぱりと首を振った。

浮雲は、道斉の前に屈《かが》み込み、ずいっと顔を近付ける。

「いいのか？」

「何がです？」

「仏に仕える身でありながら、仏の前で嘘を吐くことだよ」

浮雲の言葉に、道斉の顔が引き攣《つ》った。固く引き結ばれていた唇が、微かに震えているのが分かった。

お堂の奥にある釈迦牟尼像《しやかむにぞう》が、じっと道斉を睨んでいるようでもあった。

「あんたの仏は、嘘を許すのか?」

浮雲が金剛杖で釈迦牟尼像を指し示し、追い打ちをかける。

道斉は、逃げるように視線を外し、しばらく黙っていたが、やがて諦めたように項垂《うなだ》れた。

「仰《おつしや》る通りです」

道斉は呟くように言った。

浮雲は、満足そうに頷いてから立ち上がった。

「その赤子はどこにいる?」

「この場では言えませぬ」

道斉は即答した。

さっきまでとはうって変わって、はっきりとした物言いだった。

この反応からして、伍郎が加代の腹から取り出した子どもは、今も生きている。そして、道斉はその行方を知っている。

「どうか、教えては頂けないでしょうか」

八十八は、道斉にすがりつく。

赤子を見つけることができれば、お小夜に憑いている加代の霊を祓うことができるかもしれない。

必死だった。しかし、道斉は、八十八がどんなに懇願しても、決して口を開こうとはしなかった。

「もういい」

そう言って、浮雲が八十八の肩に手を置いた。

「いや、でも……」

まだ肝心なことが分かっていない。しかも、道斉はその答えを知っているのだ。ここで退いたら、お小夜を助けることができない。

「だいたい分かったからいい」

浮雲は、そう断じるとさっさとお堂を出て行ってしまった。

後を追いかけようとしたところで、八十八は道斉に呼び止められた。

「八十八さん。こんなことは、もう、お止めなさい」

「どういう意味ですか？」

「その方が、あなた自身のためです」

道斉は、決然と言ったあと、小さく息を吐いた。

八十八は、意味を解せぬまま、一礼してからお堂を出た。

外では、浮雲が金剛杖を肩に担いで佇《たたず》んでいた。その姿からは、凄腕の剣客のような迫力すら感じられる。

「本当に、聞き出さなくてよかったのですか？」

八十八は、まずそのことを訊ねた。

答えはすぐそこにある。道斉は、間違いなく、加代の赤子の行方を知っているのだ。

「無駄だ」

浮雲が一蹴する。

「しかし……」

「いくら問い詰めたところで、あの坊主は喋らんさ」

「なぜです？」

「言えなかったのさ。少なくとも、あの状況ではな」

「分かるように言って下さい」

「今は、知らなくていい」

浮雲は、そう言うなり、ゆらりと歩き始めた。

八十八は、引き摺《ず》られるようにその後を追いかける。

浮雲が足を運んだのは、寺の裏手の無縁仏を葬ってある墓の前だった。道斉の言っていた通り、土砂が崩れて、墓石を押し倒してしまっている。

「大雨が降らなければ、姉さんは加代の幽霊に憑かれることもなかったんですね」

八十八が言うと、浮雲は赤い布をずり下ろした。

月明かりに照らされて、緋色の双眸《そうぼう》が怪しい光を帯びる。

「そうかもしれん。だが、これはある意味、必然なのかもしれない」

「必然とは、どういう意味です？」

「お前の父親に会いたい」

浮雲は、質問とは、まったく関係のないことを口にした。

「なぜ、父に会う必要があるのです？」

「答えを知るべきときか否か、それを問うためだ」

まるで禅問答のようだ。

浮雲が何を考えているのか、八十八にはさっぱり分からなかった——。

九

八十八は、自室の文机の前で、腕組みをして唸っていた。

浮雲に請われて、父の源太と引き合わせた。一緒に話をするつもりだったのに、八十八は追い出されてしまった。

それから、二人とも部屋にこもったまま、一向に出て来ない。

いったい、何の話をしているのか気になり、襖越しに、会話を盗み聞こうとしたのだが、あっさり浮雲に気付かれ、追い返されてしまった。

ふと、壁にかかった絵に目を遣《や》った。

何も変わらないはずなのに、描かれた女の視線が物憂げに見えた。

妙な胸騒ぎがするのはなぜだろう？

「待たせたな――」

いきなり襖が開け放たれ、赤い布で眼を覆った浮雲が現われた。

「わっ！」

八十八は、驚いてひっくり返りそうになる。その様を見て、浮雲はふんっと鼻で笑った。

「肝の小さい男だ」

「いきなり現われたら、驚きもします」

「だから、肝が小さいと言っているんだ」

「そんなことより、父とは、何を話したんですか？」

八十八が訊ねると、浮雲は口の端を上げて、意味深長な笑みを浮かべた。

「決めてもらったのさ」

「決める？」

「お前の姉に憑いた霊を祓うには、相応の犠牲と覚悟が必要になる」

「犠牲と覚悟……」

「そうだ。お前の父は腹を決めた」

「何の覚悟です？」

——それに、犠牲とはどういうことか？

八十八の疑問を遮るように、再び襖が開いた。源太と、寛一だった。二人は、眠っているお小夜を運んで来た。

「お小夜さんは、そこに——」

浮雲が部屋の中央を指差した。

源太と寛一は、指示された場所にお小夜を寝かせる。

「では、あとはお任せ下さい」

浮雲が告げると、寛一は一礼して部屋を出て行った。源太も、同じように部屋を出て行こうとしたが、ふと足を止めて八十八に顔を向ける。

視線がぶつかった——。

その目には、うっすらと涙の膜が張っていた。だが、表情に弱々しさはなく、強い意志が宿っているようだった。

「すまなかった……」

源太が、掠《かす》れた声で言った。

「え？」

「私は、お前を大事に想《おも》っていた。だからこそ、絵だけはやって欲しくなかった……」

強く握られた源太の拳が、小刻みに震えていた。

——なぜ、今その話を？

八十八には、そのことが分からなかった。

まるで、雲の上に立っているような、落ち着かない気分になった。

「私は……」

口を開いたものの、その先の言葉が出て来なかった。

源太は、穏和な笑みを浮かべると、「よろしくお願い致します」と、浮雲に深々と頭を下げてから部屋を出て行った。

なぜか、もう二度と父とは会えないような気がした。あとを追おうとしたが、どういうわけか身体が動かなかった。

「さて、始めるか——」

浮雲は、瓢の口から直接酒をぐいっと呷ると、着物の袖で口許を拭った。

景気づけをしているようだ。

「何をです?」

「霊を祓うんだよ」

「本当に始めるのですか?」

八十八は、腰を浮かせて訊ねた。

「お前が、望んだのだろう」

確かにそうだ。お小夜を救うためにと、八十八自身が望んだことだ。しかし、さっきから無性に心が騒ぐ。

この先にあるものを、見聞きしてはならない——そう言っているようだった。

額から汗が流れ出す。

じっと、誰かに見られているような、嫌な感覚がつきまとう。

その正体は、壁にかかった女の絵だった——。

「私は……」

口を開こうとしたところで、浮雲が八十八の襟を摑み、ぐいっと自分の方に引き寄せた。

いつの間にか、赤い布が外されていた。

緋色の双眸が真っ直ぐに八十八を射貫く。

「よく聞け。おれは、お前の姉さんを救うことができる。だが、それには覚悟が必要だ」

「覚悟……」

「そう。お前自身の覚悟だ」

「どういう意味です？」

「霊を祓えば、お前はもう、元の場所には戻れなくなる」

「元の場所？」

元の場所とは、いったいどこのことだ？　戻れなくなるということは、どこかに行かねばならないということだろうか？　どこに行くというのだろう？　極楽浄土か、はたまた地獄か？

取り留めのない考えが、次々と溢れ出て来る。

「お前は、今までのお前ではいられなくなるんだ。決して戻れない」

「嫌だと言ったら？」

「お前の姉さんは——死ぬ」

「死ぬ？」

浮雲が、横になっているお小夜に目を遣った。

幽霊に憑かれてから、お小夜は、ろくに食事を摂《と》っていない。頬は細り、顔色も死人のようにくすんでいる。

命が吸われているのかもしれない。

浮雲の言うように、このままでは、長くはもたないだろう。待っているのは――死だ。

「さあ、どうする？　お前の覚悟を聞かせろ」

赤い眼が問う。

答えなど決まっている。最初から、その覚悟もできていた。浮雲が何をするのか分からないし、元の場所がどこで、どこに行き着くのかも分からない。

しかし、それがどこであろうと、少なくとも、お小夜が死んでしまうよりは、幾らかましなはずだ。

たとえ、今の自分が失われることになろうとも――。

「それでも、姉さんを救って下さい」

八十八はすがるように言った。

「その覚悟、受け取った！」

浮雲が、妖艶な笑みとともに言った。

十

「では参る――」

浮雲はそう宣言すると、金剛杖でドンッと畳を突いた。

微かに床が揺れる。

その震動に釣られてか、横になっていたお小夜の瞼が、ゆっくりと開いた。

その奥にある瞳に光はなく、どこまでも暗かった。何も映っていない目。まるで死人の目だ。

「目を覚ましたようですね――加代さん」

浮雲が、よく通る声で言う。

お小夜が、それに答えるように、ううっと獣のような低い唸り声を上げる。

半開きの口から、涎《よだれ》が滴り落ちる。

「苦しいでしょうね」

そう言った浮雲の声は、今までに聞いたことがないほどに、穏やかなものだった。この男には、およそ似つかわしくない、慈しみの心が宿っているかのようだった。

お小夜は、その声に導かれるように、ゆらりと起き上がった。

立ち上がったお小夜からは、禍々しい瘴気のようなものが放たれているようだった。

八十八は、その迫力に慄《おのの》き、壁に張り付くようにして、お小夜から逃れた。

一方の浮雲は、お小夜と対峙《たいじ》して尚《なお》、眉一つ動かさなかった。

「あなたにも、見えますか？」

浮雲は、そう問いかけると、指で己《おの》が眼を指してから続ける。

「この赤い眼が――」

「ぐぅぅ」

お小夜が唸った。

「この赤い眼は、死者の魂。つまり幽霊が見えます。私には、あなたが見えているのです。それが――」

浮雲は、ここで一旦《いったん》言葉を切る。

お小夜と浮雲の視線が、ぶつかり合う。

「赤眼《せきがん》の理《ことわり》なのです――」

高らかに言った浮雲は、再び金剛杖で畳をドンッと打ちつけた。

燭台が揺れ、蠟燭の炎が揺らいだ。

「どぉごおぉだぁ……」

お小夜は、目を吊り上げ、歯を剝《む》き出し、憤怒《ふんぬ》の表情を浮かべる。

――まるで鬼だ。

八十八は、ここに来て、加代が抱える闇の深さを知った。

何があったのか、詳しいことは分からないが、自らの亭主である伍郎に斬り殺されただけでなく、腹を割かれ、赤子を引き摺り出されたのだ。

心を裂かれる想いだったに違いない。

浮雲は、それほどまでに強い想いを、どうやって晴らそうというのか——しかも、肝心の子は見つかっていないのだ。

「どこへやったぁ！」

お小夜が、絶叫にも似た声を上げながら、両の手を伸ばして浮雲の首を摑んだ。

——あっ！

助けに行こうとしたが、それを制したのは浮雲だった。

首を絞められ、顔を真っ赤にしながらも、真っ直ぐにお小夜に緋色の双眸を向ける。

「あなたが、お捜しなのは、腹に宿していた赤子であろう？」

浮雲が、掠れた声で問う。

その途端、お小夜の表情に変化が現われた。

吊り上がっていた目尻が元に戻り、頬がひくひくと痙攣《けいれん》する。

「知って……いるのか……」

お小夜が言った。

「ええ。知っています」

首を絞める力が緩んだのか、浮雲の声がさっきより、はっきりしたものになった。

「ど、どごぉだぁ……」

「あなたの赤子は——男の子です」

今まで、加代の子どもが男か女かといった話は、一度も出なかった。それなのに、なぜ、それを知っている？

八十八の疑問をよそに、浮雲は尚も続ける。

「あなたが死んでから、十七年が経ちます。その男の子は、立派に育ちました」

——まただ。

赤子の行方は、分かっていないはずなのに、なぜ立派に育ったと断言できるのか？

疑問が深まれば深まるほどに、心がざわざわと騒ぐ。

理由を知りたい。が、同時に知りたくない。いや、知ってはいけないという気がする。

「父親の血を継いでいるのでしょうね。絵が好きなようです」

——何を言っているんだ？

八十八の額を、冷たい汗が流れ落ちる。

「伍郎さんが、妙法寺に預け、そのあと、ある人物が引き取って育てました。呉服屋の主人です。名を——」

「止めろ！」

八十八は、思わず叫んだ。

さっきから浮雲は何を言っている。今の話では、まるで——。

「何をそんなに狼狽《うろた》える？」

「だって、今の話では、まるで私が……そんなはずない。そんなのは出鱈目《でたらめ》だ」

「出鱈目なんかじゃない」

「証《あかし》がないじゃないか」

「証ならあるさ」

「なっ！」

「道斉って坊主は、赤子の居場所を知っていたにもかかわらず、言わなかった。この場では言えない――そう言ったんだ。なぜか分かるか？」

確かに、そう言った。

この場では、という表現に、暗に八十八の前では言えないという意味が込められていたということか。だが――。

「それだけでは……」

「他にもあるさ」

「………」

「加代が殺され、腹から赤子が引き摺り出されたのは、弥生の終わり、つまり八十八夜だった。意味は分かるな」

――だから八十八という名が付けられた。

そう言いたいのだろう。

「冗談ではない。父は、ちゃんと理由があって……」

「お前の父は、お前が絵を描くことを猛烈に嫌った。普段、穏和で、好き放題やらせていたのに、なぜ絵だけは駄目だったのか？」

伍郎は絵師だった。そして、正気を失った伍郎は、自らの女房を斬った。絵を続けていれば、同じことになると考えたのか。

筋は通っているように思えるが、それでも認められない。

「違う」

「違わないさ。お前の父にも、ちゃんと確かめた。このことを、お前に伝えることも含めてな」

浮雲の言葉が、八十八の脳を揺さぶった。

立っていることができずに、畳の上に両膝を突いた。

「立て」

浮雲は、八十八の襟を摑み、強引に立たせる。

浮雲の赤い両眼が八十八を射貫く。

「お前は、姉を救うと決めたのだろ。戻れなくなると知りながら、それでも——」

身体が震えた。

八十八は、浮雲の手を逃れて後退りする。

しかし、すぐに壁に阻まれた。逃げる場所など、どこにもないのだ。

——こういうことだったのか!

今さらのように、浮雲の言った言葉の意味を知る。

これまで、安住していた世界が、足許から音をたてて崩れていく。何かにすがろうとしたが、無駄だった。すがるものなど、どこにもない。

ずぶずぶと底のない沼に、身体が沈んでいくような気がした。

こんなことなら、お小夜を救わなかった方が——いや、それも嫌だ。

では、どうすれば良かったのだ? 問いかけてみたが答えは出なかった。出るはずもない。

今さらどうあがいても、もう手遅れだ。

何も知らなければ、安穏とした生活を送れたのに——だが、知ってしまった。分かってしまった。

こうなってしまった以上はもう——戻れない。

自分は、源太の子でも、お小夜の弟でもなかった。家族だと信じていたものは、赤の他人だったのだ。

「あなたが捜していた赤子は——」

浮雲が、そこで一旦間を置いた。

そして、ゆっくりと八十八を指差した。

「ほら、そこに――」

浮雲に誘われ、お小夜の顔が八十八に向けられる。

そこには、さっきまでの鬼気迫る表情はなかった。穏やかで、温かく、そして懐かしいものだった。

――そうか。

八十八は理解した。

お小夜が、いや、加代が抱いていたのは、憎しみではなかった。

深い愛だった――。

自らの命など、どうでもよかった。殺した相手が誰であろうと、そんなことは、問題ではなかった。

加代は死んでも尚、ただ一途《いちず》に、我が子の身を案じ続けていたのだ。

お小夜の目から、一滴の涙がこぼれ落ちた。

「母さん――」

八十八の口から、自然と言葉が出た。

お小夜が、八十八に歩み寄ってくる。もう、恐怖はない。相手は母なのだ。

ただの一度も、我が子を胸に抱くことなく、それでも尚、我が子の身を案じ続けた愛情深き母なのだ。

八十八は、お小夜の身体を強く抱き締めた。

お小夜もまた、力一杯、八十八の身体に腕を回す。

腕の中のお小夜の身体に、母である加代を感じた気がした。

加代が、むせび泣きながら、何かを言った。はっきり聞き取れなかったが、それは、歓喜の言葉だったように思う。

そして、八十八もまた泣いた。

それがどういう意味の涙であったのか、自分でも判然《はっきり》としなかった。ただ、心の底で、欠けていた何かが満たされたことだけは分かった。

「母さん」

もう一度言うと、それが合図であったかのように、お小夜の身体からふっと力が抜けた。

――いったい、何があったのか？

浮雲に目を向けると、彼は大きく頷いた。

「お前の母御は、逝《い》ったよ」

そう言ったあと、浮雲はわずかに視線を上げた。

「そうか……」

浮雲の視線を追ってみたが、八十八に見えるものなど何もなかった。

——羨ましい。

素直にそう思った。もし、自分に浮雲と同じ、赤い眼があったなら、母の顔を見られたかもしれないのに。

そのことを浮雲に伝えると、彼は小さく笑った。

「お前はもう、何年も前から母の顔を見ているではないか」

浮雲は金剛杖で部屋の壁を指し示した。

そこには、絵が飾られていた。睡蓮の花を見つめる女の絵だ。

——そうか。この女《ひと》が母だったのか。そして、これを描いたのは父だったのだろう。

「八十八……」

掠れた声がした。

見ると、腕の中でお小夜がわずかに顔を上げた。

その目は、さっきまでとは違い、光の差した綺麗な目だった。これは、間違いなくお小夜の目だ。

「姉さん！」

喜びの声を上げた八十八だったが、心に引っかかるものがあった。

自分はこの先も、お小夜を姉さんと呼んでいいのだろうか？

十一

布団に入った八十八だったが、目が冴《さ》えて眠ることができなかった。

ことが終わると、浮雲はさっさと帰って行ってしまった。お小夜は疲労が激しく、すぐに床に就いた。

源太と顔は合わせたが、言葉を交わすことはなかった。

八十八が真実を知ったことは、承知しているはずだ。どんな言葉をかけるべきか、思いつかなかったのかもしれない。

それは、八十八も同じだ。何を言っていいのか分からなかった。

十七年——源太の子であった。それを疑ったことなど、ただの一度もなかった。それが、一気にひっくり返ったのだ。

いや、源太にとっては、八十八が実の子であったことなど、今まで一度もなかった。

何も知らずに、無邪気に絵に興味を示し、源太と対立した愚かさに虫酸《むしず》が走る。反対されて当然だったのだ。

八十八は、右手を眼前に掲げる。

暗闇の中では、はっきりと見えない。しかし、この手には、女房を手にかけた男の血が流れている。

いや、手だけではない。身体の隅々にまでそれは行き渡っている。

忌まわしい呪いの血だ――。

「本当に、戻れぬところに来てしまった……」

八十八は、呟くように言った。

不意に、誰かの気配を感じ、八十八はがばっと身体を起こした。見ると、襖に何か、紙切れのようなものが差し込まれていた。

のろのろと起き上がり、手に取ってみる。文《ふみ》だった。襖を開け、廊下に出る。そこには、もう人の姿はなかった。

月明かりの下で広げて文字を追った。

血の気が引いた――。

お小夜は預かった
無事に返して欲しくば一人で件《くだん》の長屋まで来い
誰かに告げればお小夜の命はない

八十八は、廊下を駆け、お小夜の部屋の襖を開けた。

蛻《もぬけ》の殻だった。八十八は、文を強く握り締めた。

――いったい、誰が何のために？

今はそれを考えているときではない。一刻も早く、お小夜を助けに行かなければ。

気付いたときには、八十八はもう走り出していた。

――なぜ、こうも必死に走っているのだろう？

長屋への道を駆ける八十八の頭に、ふとそんな疑問が浮かんだ。お小夜は、姉ではない。赤の他人だったのだ。

――本当に、そうだろうか？　血のつながりがなかったからといって、今までの生活が全て嘘になるのだろうか？

「否！」

八十八は、声に出した。

高熱を出したとき、懸命に身を尽くして看病をしてくれたのも、近所の子どもたちに苛められているときに、真っ先に助けに入ってくれたのも、絵師になりたいと言ったことで、源太と大喧嘩をしたとき、仲裁に入ってくれたのも、みんなお小夜だった。

たとえ、血のつながりがなくとも、家族として過ごした時間に偽りはないはずだ。それは、八十八の一方的な想いかもしれないが、それでも――。

八十八は息を切らしながら、件の長屋の前に辿《たど》り着いた。

母が死に、自分が生を享《う》けた因縁の長屋だ。

真っ暗だった。辺りも暗いが、長屋の入口は、より一層暗い。地獄へと通じる穴蔵のようだった。

正直に言えば恐い。しかし――。

八十八は、意を決して中を覗き込んだ。

最初は、何も見えなかったが、段々と目が慣れて来た。

部屋の隅に、白い肌襦袢を着た女の姿が見えた。

あれは――お小夜だ。

「姉さん」

声をかけると、お小夜が顔を上げ、激しく首を横に振った。

猿ぐつわをされていて、思うように喋れないらしい。手足も縄で縛られている。

――早く助けなければ。

中に入ろうとすると、背後でざくっと土を踏む音がした。

反射的に振り返る。

そこには、一人の男が立っていた。腰には刀を差している。頭に頭巾《ずきん》を被り、口と鼻を布で覆っていた。

爛々《らんらん》と輝く両目が、真っ直ぐに八十八を見据えている。

「なぜ、こんなことを」

八十八の言葉に、男は答えなかった。

敵意に満ちた目で八十八を見据えたまま、じりっと右足を前に出し、右手を柄《つか》に添えた。

素人《しろうと》ではない。剣術をたしなんでいることは明らかだ。

そう考えたときに、真っ先に浮かんだのは、ある男の顔だった。

——熊吉。

彼なら、今回の事件のあらましを知っていて、尚かつ剣術の心得がある。しかし、いくら考えても、こんなことをする理由が見当たらない。

「あなたは誰なんですか？」

男は、やはり答えない。

殺気が、めらめらと立ち上り、柄を握る手に力がこもる。

——抜くのか？

八十八の額から、汗が滴り落ちる。

残念ながら、八十八は剣術のけの字も知らない。その上、腕力もからっきしだ。

抗《あらが》おうとすれば、即座に斬られるだろうし、逃げようと背中を向けても、結果は同じだろう。

そもそも、お小夜をここに残して逃げるわけにはいかない。

どうせ斬られるなら、せめてお小夜だけでも救いたい。命を捨てる覚悟で飛びかかるしかない。

踏み出そうとしたまさにその瞬間、「阿呆が！」と叫ぶ声がした。

目の前の男の声ではない。それが証拠に、男も驚いたようにしきりに辺りを見回している。

「どこを見ている。ここだ」

再び声がした。

長屋の入口だった。

目を向けると、暗がりの中に、真っ白な着物を着た男が立っていた。肌の色もそれに負けないくらい白い。髪はぼさぼさで、両眼を赤い布で覆っている。

「浮雲さん――」

八十八が声を上げると、浮雲はにいっと笑ってみせた。

手にはいつもの金剛杖ではなく、鞘《さや》に納まった刀を持っていた。

「正面から、飛びかかろうなどと考えていたのだろう。相変わらずの阿呆だな」

浮雲が、ずいっと歩み出る。

確かに阿呆な行為かもしれない。しかし——。

「姉さんを救おうと……」

「安心しろ。お小夜は、ここにいる」

浮雲が、ぐいっと顎で長屋の入口を指した。そこには、お小夜が立っていた。縄は解かれ、猿ぐつわも外されている。

八十八がここで男と対峙している隙に、浮雲が救い出してくれたようだ。

——だが、なぜ、浮雲はこの場所に現われたのか？

疑問を投げかける前に、浮雲が八十八を押し退け、男の正面に立った。

「もう、諦めろ」

浮雲は、男に向かって言う。

「貴様……」

男が、唸るように言った。聞き覚えのある声だった。

「ここで退けば、それでよし。だが、抗うというなら、こちらにも考えがある」

「考え——だと？」

「お前を斬る」

浮雲が暗い声で言う。

男は、それを高笑いで返した。

「盲目で斬れるのか?」

「盲目?　誰がそんなことを言った。おれには見えるのさ。お前たちが見ている以上のものがな」

「莫迦《ばか》な――」

「それが――赤眼の理だ」

浮雲は、白い歯を見せて笑うと、赤い布をずり下ろした。

月光に照らされて、緋色の双眸が怪しく光る。

「なっ……」

男が、慄き後退りする。

「言っておくが、おれは強い。大人しく刀を置け」

浮雲が離れた分の距離を詰める。

その存在感たるや、圧倒的なものだった。剣術に疎い八十八でも、浮雲が相当な腕であることが分かる。

「もう一度言う。刀を置け」

浮雲の忠告は男には届かなかった。

男は鯉口《こいぐち》を切った。

「阿呆が」

浮雲は舌打ちをした。

「えいっ！」

男は、血走った目で抜刀しながら、横一文字に斬りつけた。

――斬られた！

そう思ったが、浮雲は無事だった。

素早く間合いをとり、男の斬撃《ざんげき》をかわした。

「動きに無駄が多いな」

浮雲は、余裕の笑みを浮かべる。

「何？」

男が上ずった声で言う。

「力が入り過ぎて、逆に速さを殺しちまってる」

「このぉ！」

男は、怒りに満ちた声を上げながら、刀を高く上げて上段に構えた。

気迫のこもった構えだった。しかし浮雲は動じない。

「そんなに力んだら、切っ先が死んじまう」

「黙れ！」

男は、渾身《こんしん》の力で真っ向から刀を振り下ろす。

浮雲は身体を傾け、最小限の動きで切っ先をかわす。

あっさりかわされたことに、唖然とする男を嘲笑《あざわら》うかのように、浮雲は鞘に納めたままの刀で男の腕を撥《は》ね上げる。

男の手から刀が離れ、弧を描きながら地面に落ちた。

「これが最後だ。もう止めろ」

浮雲は、汗の滴る男の顎先に、鞘の先を突きつけた。男は、観念したのか、唸り声を上げげながら項垂《うなだ》れた。

浮雲が大きく息を吐いてから、八十八に顔を向けた。

と──その隙に、男が動いた。

身を屈めて駆け出し、地面に落ちた自らの刀を手に取ると、「死ね!」と、跳び上がるようにして浮雲に斬りかかった。

「そんなに死にたいか!」

浮雲は、素早く刀を抜き放つと、袈裟懸けに男を斬りつけた。

男は悲鳴を上げることさえできずに、仰向《あおむ》けに倒れた。

十二

あまりのことに、しばらく呆気《あっけ》に取られていた八十八だったが、はっと我に返り、お小夜に目を向けた。

「姉さん!」

お小夜は驚きに目を丸くしながらも、呼びかけに応じて歩み寄って来た。

「無事でしたか?」

「ええ」

「良かった——」

お小夜の手を取り、その温《ぬく》もりに触れ、ようやく助かったという実感が湧いた。全ては、浮雲のお陰だ。

その浮雲は、苦い顔をしていた。

お小夜の視線が、真っ直ぐに浮雲の緋色の瞳に向けられていたからだろう。

以前に浮雲が言っていた。赤い眼は、人々の恐れを呼ぶ——と。

「姉さん、これは……」

色々と説明しようとしたが、それを遮るようにお小夜が口を開いた。

「何と美しい――」

そう言ったお小夜の顔は、恍惚《こうこつ》としていた。

本心からの言葉なのだろう。

「まったく。姉弟揃《そろ》って、とんだ阿呆だ」

浮雲は舌打ち混じりに言うと、赤い布で両眼を覆い隠してしまった。

一息吐いたところで、八十八は別のことが気になった。

「殺したのですか？」

八十八が倒れている男に目を向け訊ねると、浮雲は鼻で笑った。

「こんなもので、殺せるわけがなかろう」

浮雲がぐいっと差し出した刀は竹光《たけみつ》だった。確かに、これでは殺すことはできない。

浮雲は、そのまま男に歩み寄り、口と鼻を隠した布を竹光で引き剝がした。

――寛一だった。

「なぜ、寛一が……」

最初は熊吉だと思ったが、声を聞いて違うと分かった。とはいえ、なぜこのようなことをしたのか、その理由が分からない。

「最初に、お前の家に行ったときのことを、覚えているか？」

浮雲が問う。

「はい」

納戸に閉じ込めておいたお小夜が、短刀を持って暴れたときのことだ。

「あれは、いかにも不自然だった。こいつは、納戸にあった短刀を見つけたのだろうと説明したが、その理由がないんだよ」

「というと？」

「加代が捜していたのは、自分の子どもだ。断じて短刀などではない。それに、襲いかかる道理もない」

言われてみれば、そうである。

「つまり、寛一は、姉さんを殺そうとして、短刀を持って納戸に入った。しかし、逆に奪われてしまった——と？」

「まあ、そんなところだろう。とにかく、あのときの行動があまりに怪しかったんでな。歳三に寛一という男の素性を調べさせた」

「土方さんに？」

「ああ。歳三は、行商人だからな。改めて調べるまでもなく、色々と知っていたよ」

「なるほど」

「寛一は、元は多摩の百姓の出らしい。武士に憧れて村を飛び出したが、うまくいかず、流しで盗みを働くようになった」

「そうだったんですか？」

八十八は、倒れている寛一に目を向けた。

とてもそんな風には見えない。しかし、人というのは、思いもよらぬ一面を秘めているものだ。

「まあ、最初はちまちま金を盗んでいたんだが、その日暮らしには変わりない。そこで、一発大きな盗みをやって、商いでも始めて腰を落ち着けようっていう考えだったんだろ」

「もしかして……」

「ここからは、推測に過ぎないが――」

浮雲は、そう前置きしてから続ける。

「十七年前――遊郭に入った盗人ってのは、この寛一だったんだよ」

「では伍郎は……」

「まったく、関係ないともいえない。これも推測だが、でかい盗みをやろうにも、寛一は一人だ。誰か協力者が必要だった。そこで目を付けたのが伍郎だった」

「なぜ、伍郎だったんですか？」

「多分知り合ったのは、遊郭だろうな。伍郎は絵師として出入りしていて、寛一は客として――といったところだ。伍郎には間もなく子どもが生まれる。しかし、絵師の稼ぎでは食っていけない。そんな事情を知って近づいたんだろう」

「だからといって、盗みに荷担していい道理にはなりません」

「まあ、そう言うな。生活に窮すれば、人は何だってやる」

哀しいことではあるが、そうかもしれない。

「何てことだ――」

八十八は、項垂れた。

お小夜が慰めるように、ぐっと八十八の肩を抱いた。

「だが、伍郎もまさか人が死ぬとは思っていなかった。罪の意識に苛《さいな》まれた伍郎は、自らお縄にかかろうとした」

ここまで来ると、八十八にもおおよそのことが見えて来た。

「そこで、寛一と対立した――というわけですね」

「ああ。ただの盗みじゃねぇ。人が死んでしまったんだ。死罪は免れない。ならば、いっそ殺してしまおう――そういうことになったんだろう」

「では――もしかして」

「そうだ。お前の母である、加代を殺したのは、伍郎じゃねぇ。この小悪党さ」

浮雲は、改めて倒れている寛一に目を向けた。

「し、しかし、道斉さんの話では、自分が殺したと――」

伍郎は、そう言っていたという話だった。

「罪の意識さ。自分が、盗みなんぞに手を染めたせいで、女房が死んでしまった。だから、自分のせいだ。自分が殺したのも同然だ——そういう心境だ」

「腹を割いて、子どもを取り出したのも、寛一なのですか？」

「それは伍郎だろうな。まあ、頼んだのは、加代だろうさ」

「な、なぜ？」

そんな恐ろしいことを——。

「愛だよ——」

「愛？」

「伍郎が家に帰ったとき、おそらく寛一もいたんだろう。揉み合いになったが逃げられた。残されたのは、刀と血塗れの加代だった」

六輔が聞いた、争うような音とは、これのことだったのか。

「そのとき、加代はまだ息があった。だが、同時に自分が助からないことも悟った。このままでは、腹の赤子も一緒に死ぬ。だから——」

「伍郎に頼んで、取り出してもらったのですか？」

八十八の問いに、浮雲は「だから愛だ——」と答えた。

確かに、愛なのかもしれない。そうまでして、加代は、母は、子どもの命を守ろうとした。

生きたまま、腹を割かれる苦痛など、八十八に想像できるはずもない。

伍郎は、そうやって取り出した子どもを、親交のあった妙法寺に預け、子どものことと加代の弔いを託した。

いや、まだ分からないことがある。

「伍郎はなぜ自害したのですか？」

「あれは自害なんかじゃない」

「え？」

「考えてもみろ、武士でもない男が、自害するのに、腹を切るなどという方法を選ぶものか」

言われて納得した。

武士でもない伍郎が、自ら死を選ぶのに、切腹はおかしい。状況にもそぐわない。

「そうですね。と、いうことは、伍郎は……」

「そう、殺されたのさ」

「誰にです？」

「寛一にだ」

「そうでしたか……」

八十八は掠れた声で言った。

何ともいえない、もやもやとした感情が胸の内にうごめいていた。

「とにかく、寛一はそのときの金を元手に、商いを始めたが、うまくはいかなかった。路頭に迷っていたところを、偶々《たまたま》お前の父に拾われた」

そういう経緯があったのかと納得すると同時に、別の疑問が浮かんだ。

「寛一は、なぜ、姉さんを殺そうとしたり、拐《かどわ》かしたりしたんですか？」

「お前の姉に憑いた霊が、加代だと気付いたんだよ。それで恐れたのさ。自分の悪行が露見するやもしれない――となな」

「なんと！」

「霊を祓ったあとも、その疑念は消えなかった。お前が、加代の息子だと知れたし、いっそ二人とも殺してしまおうって腹だったんだろう。あとは店の金を奪って、どこへなりとも逃げればいい。何にしても、屑のやることだ」

浮雲が言い終わるのと同時に、寛一が目を覚ましたらしく「うぅっ」と唸った。

目を向けると、寛一が這《は》いつくばるようにして、逃げようとしていた。

しかし、浮雲はそれを許さず、髪を摑んで強引に立たせる。

「どこへ行く気だ？」

浮雲は、寛一にぐいっと顔を近付けると、再び赤い布をずり下ろした。

緋色の双眸に睨まれ、寛一が悲鳴を上げる。

「大丈夫だ。殺しはしねぇよ。おれは、死んだ者の魂が見えるんだ。お前のような屑につきまとわれるのは迷惑だからな」

「は、離せ」

寛一がもがく。

「いいぜ。離してやる。どこへなりと行くがいい」

浮雲は、寛一から手を離した。

あまりにあっさり解放したので、驚いてしまう。このまま逃がしたら、いつ仕返しに来るか分かったものではない。

お小夜も、同じことを感じたのか、不安げな顔をする。

しかし、浮雲だけは違った。

口許を歪め、何とも怪しい笑みを浮かべる。

「ただ、忘れるなよ。お前には憑いているからな」

「なっ、何だと？」

寛一の顔が引き攣る。

「だからさ、お前には伍郎がとり憑いているのさ。お前、この十七年間、真っ当に働こうとしたのに、ろくなことがなかっただろう。それは、偶々だと思うか？」

浮雲の問いに、寛一は答えなかった。

だが、顔色はみるみる青ざめて行く――。

「伍郎が、お前を見ているのさ。どんなときもずっと――」

「嘘だ」

寛一は、泣き出しそうな顔で言う。

「嘘じゃねぇ。ほら、今も、お前の後ろにいるだろ」

浮雲が寛一の背後を指差す。

寛一は、慌てて振り返り、「来るな！　来るな！」と何度も叫ぶ。

「無駄だ。お前は、この先ずっと、伍郎と一緒にいるんだ。逃げられやしない」

「ひぃ！」

寛一は頭を抱えて座り込む。

浮雲は、その耳許に口を寄せて囁《ささや》くように言った。

「人を殺すってのは、そういうことだ――」

寛一は、浮雲の声を遮るように絶叫すると、手を振り回しながら闇の中に走って行った――。

「伍郎さんは――いえ、父は、本当に寛一に憑いているのですか？」

八十八が問うと、浮雲はふんっと鼻を鳴らした。

「お前の実の父と母が望んだのは、子の幸せだ。小悪党にとり憑く理由なんざねぇよ」

「では――」

「あれは呪いさ」

そう言った浮雲の赤い眼は、どこか哀しげだった――。

その後

あれから数日して、八十八は神社に足を運んだ。

浮雲が根城にしている、あの神社だ。

「こんにちは――」

社の前で声をかけると、格子戸が開き、中から浮雲が姿を現わした。

白い着流しに、帯をだらしなく巻いている。赤い布で両眼を覆った、いつもの恰好だ。

「何だ。八か――」

浮雲は、大きなあくびをすると、どっかと階段に腰かけた。

「どうも」

「で、何の用件だ？」

浮雲は腰盃に酒を注ぎ、一息に呑み干す。

「あのあと、父や姉と、色々と話をしました」

「で？」

「はい。今後も、子でいていいと。弟でいていいと言われました」

「贅沢な野郎だ。お前には、たくさんの家族がいる」

浮雲がぶっきらぼうに言った。

まさに、同じことをお小夜に言われた。

自らの命を捨ててでも、子を守ろうとした実の母である加代。それに、その想いを受け止め、実行した実の父である伍郎。

今、己の存在があるのは、二人の深い愛故《ゆえ》──である。

それと同じように、育ての親である源太も、暗い秘密を抱きながら、それをおくびにも出さず、八十八を育ててくれた。

これもまた──愛である。

お小夜にしても同じだ。どうやら、彼女はずいぶん前から、八十八が実の弟でないことに感づいていた。にもかかわらず、ずっと支えてくれた。

これも──愛に他ならない。

自分の居場所がないなどと、一瞬でも悩んだ自分が、愚かしく思える。

これほどまでに多くの愛に恵まれることは、幸せ以外の何ものでもない。今まで、そんなことを考えもせず、安穏と生きて来た。

今回の一件で、それを思い知らされた。

浮雲が、あのとき言ったように、元の場所には戻れなくなったが、今の場所の方が、前よりずっと居心地がいい。

「実は、今日、伺ったのは、見て頂きたいものがあったからです」

八十八は、そう言って持参した絵を浮雲に差し出した。

今回の一件で、源太から絵師を志す許しを得た。やるなら、三国一を目指せ——と、激励もされた。

源太が、絵師になるのを反対していたのは、自分が伍郎と同じように、乱心する恐れがあるからだと思っていたが、どうやら違ったらしい。

絵師を志すことで、自分の許を離れて行くのでは——と感じたかららしい。

これは、お小夜から聞いたことだ。

「ほう。少しはましになったな。ここには、思いが込められている」

浮雲が、絵を見つめながら尖った顋に手をやった。

「本当ですか？」

「だが、まだまだだな」

浮雲が絵を突っ返して来た。

「精進します。この絵は、差し上げます」

「いらねぇよ」

「え？」

「これは、お前が持っているべき絵だ」

浮雲はそう言って、朗らかに笑った。

確かにそうかもしれない。

八十八が、そこに描いたのは、子どもを抱く女の姿。

つまり母の肖像だった——。

恋慕の理

UKIKUMO
SHINREI-KITAN
SEKIGAN NO KOTOWARI

序

夜――。

月が雲に隠れ、墨を塗りたくったような闇の中に、小さな灯《あか》りが浮かんでいた。

八十八《やそはち》が持つ提灯《ちょうちん》の灯だ。

――すっかり遅くなってしまった。

玉川上水《たまがわじょうすい》沿いの畦道《あぜみち》を、八十八は歩いていた。

得意先に反物《たんもの》を届けて歩き、気が付いたら、辺りはすっかり闇に包まれていた。

先日の幽霊騒動以来、父の源太《げんた》は、姉のお小夜《さよ》を使いに出すことを嫌がり、その分が全部八十八に回ってきたのだ。

こき使われているわけだが、空いた時間は好きな絵を描かせてもらっているのだから、文句も言えない。

自嘲気味に笑ったところで、八十八はふと足を止めた。

真夏だというのに、ぞくぞくっと背筋が凍るような、嫌な気配を感じたからだ。

目の前には、五丈をゆうに超える大きなしだれ柳があった。川にせり出した枝葉は、夜風を受けてざわざわと震えている。

水辺の柳というのは、どうも不気味でいけない。

枝がだらりと垂れた独特の形状が、そう思わせるのだろうか。

さっき感じた気配は、このしだれ柳かもしれない。

再び歩き出そうとした八十八だったが、まるで、その行く手を遮るかのように、柳の木の陰から、ぬうっ——と人が現われた。

「わぁ！」

八十八は、あまりのことに、素っ頓狂な悲鳴を上げながら尻餅をついた。

齢《よわい》二十《はたち》前後の女で、闇に溶けるような、藍色の着物を着ていた。線が細く、大人しそうな顔立ちだが、口に引かれた紅だけが、妙に艶《なま》めかしかった。

女は、八十八のことなど気にも留めず、しなやかな足取りで歩いて行く。

こんな刻限に、女が一人で、しかも提灯も持たずに出歩くとは不用心だ。などと思いながら、立ち上がろうとした八十八は、ふと足許《あしもと》に簪《かんざし》が落ちているのを見つけた。

提灯の灯りに照らしてみる。

円形の飾りに二本の足がついた、銀の平打《ひらうち》簪だった。もしや、さっきの女が落としたのかもしれない。八十八は、簪を拾って立ち上がると、すぐに女の背中を追いかけた。

「もし――」

八十八が声をかけたにもかかわらず、女は聞こえていないのか、どんどんと歩いて行ってしまう。

「あの――これ、落としましたよ」

再び声をかけたが、やはり女は立ち止まることなく、角を曲がって行ってしまった。

八十八は小走りであとを追い、女と同じ角を曲がった。

こちらに気付いたのか、女は足を止めて立っていた。武家屋敷の裏門の前だった。

「あの……」

八十八が声をかけると、女は顔を向け、微《かす》かに笑みを浮かべた。ぞくっとするような、暗い情念に満ちた笑みだった。

女は、そのままするっと武家屋敷の裏門を入って行った。

「え？」

八十八は、驚きで目を丸くしたあと、慌てて門の前に駆け寄った。

さっきの女は、確かにこの門の奥に入って行った。この屋敷の女中であれば、入って行くこと自体は訝《いぶか》しむことなどない。だが、問題は女が門を開けることなく中に入ったことだ。

まるで、門など初めからなかったかのように、すり抜けていったのだ。

「もしかして……」

ここに来て、八十八の頭にある考えが浮かんだ。

――さっきの女は幽霊だったのではないか？

そう思い至ると、途端に恐《こわ》くなった。

早々に立ち去った方がいいのかもしれない――そう思った矢先、背後で何かの気配を感じた。

殺気ともとれる、鋭く尖《とが》った気配――。

振り返ると、目の前に人影が立っていた。さっきの女かと思ったが違う。もっと小柄で華奢《きやしや》な身体《からだ》つきだった。

考えを巡らせているうちに「えいっ！」というかけ声がした。

驚きで咄嗟《とつさ》に後退《あとずさ》りした八十八の眼前に、びゅんっと風を切って木刀が振り下ろされた。

「ひっ！」

八十八は、思わず提灯を取り落とす。

地面に落ちた提灯は、めらめらと音を立てて燃え始めた。その灯りが、目の前に立つ影を照らす。

長い髪を後ろで束ねた少女だった――。

年の頃は、八十八と同じくらいだろうか。薄い唇を引き結び、大きな目で真っ直《ます》ぐに八十八を見据えている。

身体は小さいが、木刀を構える姿は堂に入っていた。

かといって、荒々しいという印象はなく、水辺に咲く睡蓮《すいれん》のような可憐《かれん》さがあった。

「何と美しい……」

八十八は、思わず口にした。と同時に、顎先に木刀が突きつけられる。

「貴様が兄上を狙う物《もの》の怪《け》か？」

少女は、その容姿に負けないくらい、美しい声音《こわね》で言った。

「物の怪？　はて、何のことでしょう？」

「惚《とぼ》けるな」

少女が、ずいっと木刀を押し込んで来る。

「いや、本当に知らないんですよ。私はただ……」

「問答無用」

少女は、木刀を上段に構えた。

木刀とはいえまともに受ければ、ただではすまない。

すぐに逃げなければ――そう思うのに、身体が動かなかった。

「うわぁ！」

少女が、今まさに木刀を振り下ろさんとしたそのとき、屋敷の方向から悲鳴が聞こえた。

「兄上！」

少女は声を上げるとともに、踵《きびす》を返し、裏門を開けて飛び込んで行った。

その隙に逃げればいいものを、気付いたときには、八十八も少女のあとを追って走り出していた――。

門を潜《くぐ》り、屋敷に入ると、庭先で若い男が身体を震わせて恐れ慄《おのの》いていた。

その男の視線の先には、さっき柳の木の下で見た女が立っていた。

池の脇に立ち、妖艶で淫靡《いんび》な笑みを浮かべている。

「おのれ！　お前か！」

少女は、木刀を山陰《やまかげ》に構え、流れるような足取りで女に向かって行く。

「いけません！」

八十八は、止めようとしたのだが、間に合わなかった。

少女は「やあぁ！」というかけ声とともに女に打ちかかる。しかし、その切っ先は女の身体をするりと抜けた。

女は、そこにいる者たちを嘲《あざけ》るような高笑いを響かせたかと思うと、闇の中に溶けるように消えていった――。

一

「それで、八《はち》はその小娘に惚《ほ》れたってわけか――」

八十八の目の前に座る男が、尖った顎に手を当てて、うんうんと頷《うなず》いた。

古びた神社にある、傾きかけた社《やしろ》の中である。

男は、神主というわけではない。荒れ果てて放置されたこの神社に、勝手に棲《す》み着いているのだ。

男の名は、浮雲《うきくも》という。白い着物を着流して、赤い帯をだらしなく巻いている。肌の色は、着物に負けないくらい白く、唇だけがやけに赤い。

そして、何より際立つのは、両の瞳だ。

血の色を思わせる、鮮やかな赤に染まっている。

それだけではなく、その赤い眼《め》には、死者の魂――つまり幽霊が見えるらしい。

以前に、八十八の姉のお小夜が幽霊にとり憑《つ》かれた。腕利きの憑きもの落としがいると、薬売りの行商をしている土方《ひじかた》に紹介され、この神社に足を運んだのが浮雲との出会いだった。

正直、最初はいかにも怪しげな浮雲のことを、疑ってかかっていた。

しかし浮雲は、死者の魂を見る赤い眼で、真相を看破した上に、見事、霊を祓《はら》ってみせたのだ。

「そんな話はしていません」

八十八が否定すると、浮雲は瓢《ひさご》を傾けて腰盃《こしはい》に酒を注《つ》ぐ。

「まったく。面白味のねぇ男だな」

「何がです?」

「お前は、その娘を美しいと思ったのだろ」

「はい」

八十八は、素直に頷いた。

木刀を構えたあの少女の姿を一目見て、美しいと思ったのは、疑いようのない事実だ。

「だったら、口説けばよかろう」

「なぜ、そうなるのです。私は、まだ相手のことを何も知りません」

八十八が言うと、浮雲は呆《あき》れたようにため息を吐《つ》く。

「そんなもん、抱いてから知ればよかろう」

浮雲は、そう言って盃《さかずき》の酒をぐいっと一息に呷《あお》った。

「破廉恥《はれんち》です」

「何が破廉恥だ。阿呆《あほう》が。抱きもせずに、相手のことなど分かるものか」

浮雲は憮然《ぶぜん》として言い放ったあとに、腕で口許を拭う。

八十八からすれば、何とも無茶苦茶な理屈である。惚れたから、相手を抱きたいと思うのが、人の道理のはずだ。よく知りもしない相手とまじわるというのには、どうも抵抗がある。

八十八がそう主張すると、浮雲は口許に淫靡な笑みを浮かべた。

「もしかして、八はまだ女を知らねぇのか？」

投げかけられた問いに、思わず「うっ」と言葉を詰まらせた。

もしかしなくても、八十八はまだ女を知らない。それどころか、女の手を握ったことすらない。

「いけませんか？」

八十八が言うと、浮雲は小さく首を振った。

「欲がないのか？」

「欲……」

「いい女を抱きたいという欲だ」

「いい女とは、何です？　それに、一時の快楽に身を任せても、虚《むな》しさが残るだけではないのですか？」

「知りもしねぇで、講釈を垂れるな」

浮雲が八十八の頭を小突いた。

「知らないからこそ、分かることもあります」

「うぶというより、阿呆だな」

「なぜ、阿呆なのですか？」

「口で説明しても始まらねぇ。よし、行くぞ」

宣言するように言うと、浮雲がすっと立ち上がった。

身の丈の高い浮雲の立ち姿は、同性の八十八から見ても、妖艶に感じるほどだ。

「どちらに？」

八十八は、訊《たず》ねながら立ち上がる。

「色街に決まっているだろ」

「い、色街？　なぜ、そのようなところに？」

「八に女を教えてやるよ」

浮雲は、八十八の着物を摑《つか》み、ぐいっと自分の方に引き寄せ、耳許で囁《ささや》くように言った。

「お、女って……私は、その……」

「恐いのか？」

浮雲の赤い双眸《そうぼう》が、じっと八十八を見据える。

正直に言えば恐い。女が苦手とか、そういうことではなく、知らないことに足を踏み入れることに対する恐れだ。

だが、それを口にするのは憚《はばか》られた。

「べ、別にそういうわけでは……だいたい、お金がありません」

「安心しろ。おれから金を取ろうなんて野暮な娼妓《おんな》はいねぇ」

浮雲が、舌なめずりをしながら言う。

ここで「うん」と頷いたら、自分の中にある何かが変わってしまいそうで、それこそ恐かった。それに――。

「待って下さい。私は、女の話をしに来たわけではありません」

八十八は、ぐっと身体を引いて浮雲から離れた。

危うく、本来の目的を忘れて、流されてしまうところだった。

「そんなんじゃ、一生、筆下ろしができねぇぞ」

浮雲は呆れたようにため息を吐きながら、あぐらをかいて座り直した。

「ですから、そんな話をしているんじゃありません」

「じゃあ、どういう話なんだ？」

上目遣いに浮雲が八十八を見た——。

ぞくりとするほど、冷たい光を宿した視線だった。

八十八は、喉を鳴らして唾を飲み込んでから、浮雲の向かいに正座した。深呼吸をして、気持ちを落ち着けてから、話を切り出す。

「その武家屋敷に出た幽霊の話です——」

「幽霊」

八十八が「はい——」と頷いてから、話を再開した。

「あのあと、伊織《いおり》さんから、色々と事情を聞いたのですが——」

「伊織ってのは、木刀を持った小娘か？」

八十八は「そうです」と頷く。

伊織は、武家である萩原《はぎわら》家の娘だった。

幽霊が消えたあと、伊織から「すみませんでした——」と詫《わ》びを受けた。

そのまま、帰ることもできたのだが、どうにも放っておけずに、八十八の方から、あれこれ事情を訊ねた。

最初は、躊躇《ためら》っていた伊織だったが、八十八を疑ったことに引け目があったのか、部屋に招き入れ、その事情を説明してくれた。

「萩原家に、幽霊が出るようになったのは、十日ほど前からのようです」

最初に見たのは、客分として萩原家に滞在している新谷直弼《しんたになおすけ》という男だった。

昨晩、庭先で震えていたあの男だ。その後、使用人たちも頻繁に目撃するようになったそうだ。

「幽霊が出ただけなら、放っておけばよかろう」

浮雲は、興味無さそうに盃に酒を注いでぐいっと呷る。

肌が白い割に、いくら呑《の》んでも顔色が変わらないのが浮雲の不思議なところだ。

「それが――ただ出ただけではないのです」

「ほう」

「どうやら、その女の霊は、出る度に、伊織さんのお兄さんである、新太郎《しんたろう》さんの居室に入って行くというのです」

「その幽霊ってのは、いい女なのか？」

浮雲は、そう言って自分の赤い唇を舐《な》めた。

「まあ、綺麗《きれい》だったとは思います」

「羨ましい男だな」

「どうして、そうなるんです？」

「幽霊に夜這《よば》いされるなど、男冥利《みようり》に尽きるだろう」

死んだ女にまで、欲望を抱くとは、浮雲は相当な色好みらしい。いちいち相手をしていたらきりがない。

八十八は、咳払《せきばら》いをしてから、話を続ける。

「それで、幽霊が出るようになって以来、新太郎さんが床《とこ》に臥《ふ》すようになってしまったらしいんです」

「精力を使い果たしたか」

「違います！　伊織さんの話では、ずっと眠り続けているのだとか——」

「眠り続ける？」

「ええ。まあ、新太郎さんは、元々身体の丈夫な方ではなく、お医者にかかることも多かったようなのですが、それでも眠り続けるというのはおかしい。これは、あの幽霊のせいだ——ということになったようです」

伊織は、兄である新太郎を救うため、木刀を片手に門の脇で、幽霊を待ち構えていたらしい。

そこに、のこのこと八十八が現われたというのが、あのときの顚末《てんまつ》だ。

「退屈な話だ」

浮雲は、大きなあくびをすると、腕を枕にごろんと横になってしまった。

「萩原家にとっては、重大な問題です。新太郎さんには、縁談が持ち上がっているらしいのですが、このまま眠り続けていては破談になってしまいます。それに、良からぬ噂《うわさ》が広まるのも……」

「どのみち、八には関係ねぇ話だろ。もちろん、おれにもな」

浮雲は間延びした調子で言うと、目を閉じてしまった。このまま眠るつもりらしい。

だが、そうはいかない。

「浮雲さんに、その霊を祓って頂きたいんです」

「嫌だね」

浮雲は、目を閉じたまま言う。

「そう言わないで下さい。もう伊織さんと約束してしまったんです」

「あん？」

いかにも迷惑そうに、浮雲が目を開けた。

憔悴《しょうすい》している伊織の顔を見て、どうにも放っておけず「腕の確かな憑きもの落としを紹介します」と口にしてしまったのだ。

一度口にした手前、今さら後には退《ひ》けない。

「どうか、お願いします。うまくいけば、相応の謝礼も出るはずです」

八十八が頭を下げると、浮雲がこれみよがしにため息を吐いた。

「おれは、武家は嫌いなんだよ」

「そう言わずに……」

「まったく。阿呆な上にお節介な男だ」

阿呆はともかく、お節介であることは、姉のお小夜からもよく言われることだ。

「承知しています。でも、放ってはおけません」

「行ってやってもいいが、条件がある」

「何です？」

八十八が訊ねると、浮雲はゆっくりと起き上がった。

「お小夜に会わせろ」

「姉さんに？」

「嫌なら、おれは行かん」

本音で言えば、嫌である。さっきまでのやり取りを考えれば、浮雲がどういう心づもりでお小夜に会おうとしているのか、容易に想像がつく。

とはいえ、ここで断ったら、浮雲のことだから、本当に動かないだろう。それはそれで、伊織に面目が立たない。

「さあ、どうする？」

浮雲は、赤い双眸で八十八に詰め寄った――。

二

八十八は、昨晩と同じ柳の木の下に立った――。

夜に見たときは、あれほど不気味に見えたのだが、昼間に目を向けると、川のせせらぎと相まって、風流に思えるから不思議だ。

「立派なもんだ」

隣に立つ浮雲が、柳の木を見上げながら呟《つぶや》いた。

白い着流しは相変わらずだが、金剛杖《こんごうづえ》を突き、両眼を覆うように、赤い布を巻いている。

浮雲は、人前に出るときには、こうやって赤い布で眼を隠し、盲人のふりをしているのだ。

赤い瞳は綺麗だし、隠す必要などないと思うのだが、世の中には、そう思わない奴《やつ》の方が多いのだ――というのが、浮雲の言い分だ。

「幽霊といえば、柳が付きものですが、柳には、何かそういう力があるのでしょうか？」

八十八が訊ねると、浮雲が顔を向けた。

彼が巻いた赤い布には、墨で眼が描かれている。ただの絵のはずなのだが、なぜかそこには、異様な圧力のようなものがある。

「霊について回るのは、柳じゃねぇよ」

「どういうことです？」

八十八は、幽霊画と呼ばれるものを何度も見たことがある。その中では、幽霊と一緒に、柳の木が描かれていることが多い。絵に限らず、怪談話でも、幽霊は柳の木の下に出ることが常となっているような気がする。

「水の方さ」

浮雲は、金剛杖で川面《かわも》を指した。

「水？」

「そう。人の魂は、生きていようと、死んでいようと、水の周りに集まるものさ」

「そうなのですか？」

「そうだ。そして、柳もまた水辺に生える。それが理《ことわり》だ――」

なるほど――と納得した。

「そうなると、私が昨晩見た幽霊も、水に引き寄せられたのでしょうか？」

八十八が訊ねると、浮雲は再び柳の木に顔を向けた。

「それは、分からん」

「でも、さっき……」

「そういうことが多いってだけのことだ。そうだと決めつけてかかると、真に大事なことが見えなくなっちまうのさ」

浮雲は、そう言うと金剛杖を肩に担いだ。

「そういうものですか――」

「そういうものだ。それで、簪はどこで拾ったんだ？」

「その辺りです」

八十八は、昨晩のことを思い返しながら、柳の木の根元を指差した。

雑草が生い茂っている。尻餅をつかなければ、八十八もそこに簪があったことに気付かなかっただろう。

「もう一度、その簪を見せてくれ」

「はい」

八十八は、簪を浮雲に手渡した。

浮雲は、眼を覆う布の左側だけずり上げ、簪を仔細《しさい》に眺める。

「うん。かなり傷んでいるな」

「そうですね」

暗闇の中では分からなかったが、こうやって陽《ひ》の光の下で改めて目を向けると、あちこち傷があるのが分かる。

「こいつは、しばらく預かるぜ」

八十八の返事を待つことなく、浮雲は簪を懐にしまった。

異論はない。八十八が持っていたところで、何の役にも立たない。

「何か分かりましたか?」

八十八が訊ねると、浮雲はふんっと鼻を鳴らした。

「結論を急ぐな」

「そうですけど……」

「で、その幽霊は、八の呼びかけに応じることなく、歩いて行ったたってわけか」

「はい」

八十八が返事をするのと同時に、浮雲は萩原家に向かって歩き出した。

「あの幽霊は、どこから来たのでしょうか?」

八十八は、浮雲の背中を追いかけながら訊ねた。

「どういう意味だ?」

「急に柳の木の陰から出て来ました。でも、その前は、どこにいたのかと思いまして——」

「さあな」

浮雲は、肩をすくめるようにして言った。

だが、言葉とは裏腹に、浮雲がその答えを知っているような気がしてならなかった。

「あの、もう一つ訊《き》きたいことがあるんですが……」

萩原家の裏門の前まで来たところで、八十八は口にした。浮雲が、足を止めて振り返る。

昨晩から、ずっと気になっていることがあった。それは——。

「なぜ、昨晩は、私たちにも幽霊が見えたのでしょう？」

それが、八十八の疑問だった。

赤い眼を持つ浮雲には、常に幽霊が見えている。しかし、そうではない八十八は普段、幽霊の姿を見ることはない。

だが、急に見えたりすることもある。しかも、昨晩は八十八を含めて三人の人間が同じものを目にしている。

見えるときがあったり、見えないときがあったりするのは、いったいなぜか？

「おれも、はっきりしたことは分からん」

明確な答えを期待していた八十八からしてみると、浮雲の答えは正直、がっかりするものだった。

「なぜです？　浮雲さんは、幽霊が見える眼を持っているじゃないですか」

「だからだよ」

「え?」

「おれが持っているのは、常に見える眼だ」

浮雲が、赤い布にそっと指を当てた。

そう言われて納得した。八十八が、浮雲の見ている世界を知らないように、浮雲もまた、八十八が見ている世界を知らないのだ。

苦笑いを浮かべた浮雲の表情は、どこかもの悲しく感じられた。

もしかしたら自分が口にしたことは、浮雲の心を傷つけるものだったのかもしれない。

「すみません」

八十八が言うと、浮雲が眉根を寄せた。

「なぜ謝る?」

「なぜと問われると困るのですが、そうした方がいいかと思って……」

「要《い》らぬ気遣いだ。おれは……」

浮雲の声を遮るように、萩原家の裏門が開いた。

中から現われたのは、伊織だった。

「やはり、八十八殿でしたね」

はっきりとした口調で伊織が言う。

昨晩、伊織の姿を見たときは、睡蓮と表現したが、陽の下にいる彼女は、どちらかというと向日葵《ひまわり》のように明るい輝きを放っていた。

どちらにしても、美しいことに変わりはない。

「伊織さん。どうして分かったのですか？」

「話し声が聞こえたので、もしやと思ったのです」

そう答えたあと、伊織はちらりと浮雲に視線を向けた。

「こちらは、昨晩お話しした、憑きもの落としの先生で、浮雲さんです」

八十八が紹介すると、伊織は「よろしくお願いします——」と丁寧に腰を折って頭を下げた。

浮雲は「うむ」と、鷹揚《おうよう》な態度で応じる。

「どうぞ、お入り下さい」

伊織はそう言って、奥に入って行く。

あとに続こうとしたところで、浮雲に肩を掴まれた。

「何です？」

「八、あの女は止《や》めとけ」

浮雲が、ずいっと顔を近付けてくる。

「何の話です？」

「あの女は、相当に厄介だぞ」

「どういう意味です？」

「まあ、そのうち分かる」

浮雲は、意味深長な笑みを浮かべた。

いったいどういうことなのか？　問い詰めようとしたのだが、伊織に「どうされましたか？」と問われ、話は中断してしまった。

三

八十八は、浮雲と並んで座っていた――。

萩原家の客間である。

正座したまま、緊張でぴんと背筋を伸ばしている八十八とは対照的に、浮雲は金剛杖を脇に抱え、あぐらをかいて座り、寛《くつろ》いでいるようにすら見える。

客間には、他に二人の男が座っている。

一人とは、昨晩も会っている。萩原家の客分である新谷直弼だ。

年の頃は、二十代半ばくらいだろう。袴《はかま》姿で座るその姿は、怯《おび》えていた昨晩とは異なり、様になっている。それに、こうやって改めて見ると、なかなかの色男である。

もう一人は、伊織の父親であり、萩原家の当主の、萩原正之介《しょうのすけ》だ。

丸顔なところは、伊織に似ているが、目は細く垂れ下がり、大きく丸みのある鼻も相まって、穏和な雰囲気のある人物のようだ。

現に、浮雲の不作法極まりない態度を咎《とが》めることもなかった。

「こちらが、憑きもの落としの先生でいらっしゃいますか」

正之介が浮雲に目をやりながら言った。

両眼を赤い布で覆い、かつその布に眼を描いている。異様ともいえるその姿を見ても、正之介は笑みを絶やそうとはしなかった。

「まあ、そんなところだ」

浮雲は、返事をすると、持って来た瓢から腰盃に酒を注ぎ、ぐいっと一息に呷った。

「無礼であろう」

直弼が、腰を浮かせる。それを制したのは、意外にも正之介だった。

「なかなか面白い御仁《ごじん》ではないか」

「しかし……」

「新谷殿も、武士なら器の大きさを見せられよ。そうでなければ、伊織との縁組みは認められん」

正之介のとりなしで、その場は収まった。それに反して、八十八の心はざわざわと揺れた。どうやら直弼は、伊織の許嫁《いいなずけ》であるらしい。

「あんた、武家にしては、いい男だな」

浮雲は腰盃に酒を注ぎ、正之介に差し出した。

正之介は、小さく笑みを浮かべると、その盃を受け取り一気に呷った。

「それで浮雲殿は、どこかで修行されたのですか?」

盃を返しながら、正之介が問う。

「いいや。生憎《あいにく》、神や仏は信じない性質《たち》でね」

「それでは、憑きものなど落とせぬだろう!」

直弼が再び食ってかかる。

しかし、その程度で怯《ひる》むような浮雲ではない。

「お前のちっぽけな料簡《りょうけん》で決めつけるな」

「何だと?」

「おれにはな、お前らに見えないものが見えるんだよ——」

浮雲はそう言って、眼が描かれた赤い布を指で触れた。

「盲人が、何を偉そうに」

「見た目で決めつけると、痛い目に遭うぜ」

「まあ落ち着きましょう」

再び、正之介がその場を収める。

浮雲は平然としているが、見ている八十八はたまったものではない。びっしょりと冷たい汗をかいた。

「それで、新太郎は、やはり何かに憑かれているのですか？」

一息吐いたところで、正之介が改めて切り出した。

「分からんよ。まだ、本人を見ていないからな。判断を下すのは、それからだ」

浮雲が言うと、正之介は少しばかり驚いた顔をした。

「では、憑きものではないかもしれない――と？」

「ああ。ただの病気かもしれん。その場合は、おれの出番はない。医者を頼ってくれ」

「医者ですか……」

「それに、おれの専門は幽霊でね。物の怪の類《たぐい》だった場合も、おれの手には負えんので、他を当たってくれ」

浮雲が言うと、正之介は声を上げて笑った。

何がおかしいのか――八十八は浮雲に目を向ける。浮雲の方も、なぜ笑われているのか分からないらしく、口許を歪《ゆが》める。

「いや、失礼しました。新太郎がああなってから、どこで噂を聞きつけたか、霊媒師を名乗る連中がたくさんやって来ましてな」

「そうなんですか？」

八十八が言うと、正之介は大きく頷いた。

「みな、新太郎を見る前から、悪霊がどうした、鬼が何だと、脅し文句を並べてくる。要は、お札《ふだ》やら、何やらを売りつけようとしているんでしょうな。あなたは、そういった輩《やから》とは違い、正直な方のようだ」

「それしか取り柄のない男でね」

浮雲がぬけぬけと言ってのける。

財布から金を盗まれた経験のある八十八からしてみれば、浮雲が正直かどうかは疑問だが、正之介には気に入られたらしい。

「どうか、新太郎をよろしくお願いします」

正之介は、そう言って深々と頭を下げた。

「やれるだけのことはやってみる。まずは、会ってみてからだな」

浮雲がそう返すと、正之介は部屋に伊織を呼び寄せ、新太郎のところに案内するように告げた。

伊織に案内されて、八十八は浮雲と一緒に、新太郎の部屋に向かった。

「今ちょうど、お医者様がいらして下さっています——」

歩きながら、伊織が言った。

庭が見える一角に、その部屋はあった。

「こちらです」

そう言って、伊織が襖《ふすま》を開けた。

「ひっ」

部屋の中で、小さく悲鳴が上がった。

声を上げたのは、総髪に十徳《じっとく》姿の男だった。おそらく、彼が医師なのだろう。

「驚かせてしまって申し訳ありません」

伊織が丁寧に頭を下げる。

「いえいえ、とんでもない。こちらの方々は?」

医師が、八十八と浮雲に交互に視線を送って来た。

「こちらは、八十八殿と、浮雲殿です」

伊織が、簡潔に紹介する。

浮雲が憑きもの落としであることを告げなかったのは、医師の手前だからだろう。

「小石川宗典《こいしかわそうてん》と申します」

小石川と名乗った男は、丁寧に頭を下げた。

医師にしてはかなり若い。青白い顔をして、どこか頼り無い印象がある。

小石川は、浮雲の異様な風貌に、怪訝《けげん》な表情を浮かべはしたものの、特に何かを言うことはなかった。

場が落ち着いたところで、八十八は布団に寝ている新太郎に目を向けた。

丸みのある顔と、口許が伊織によく似ている。

その寝顔は、気の毒になるほどやせ細っていた。

小石川は、慣れた手つきで脈を取ったり、心音を聴いたりと、新太郎の診察をしている。

八十八は、伊織と並んで新太郎の布団の脇に正座して、じっと小石川の動きを見守っていた。

ふと目を向けると、浮雲は柱に寄りかかるようにして立っていた。

顎先に手を当て、何かを考えているようだ。

「兄上の具合は、どうなんでしょうか？」

小石川が一通りの診察を終えたところで、伊織が身を乗り出すように訊ねた。

「原因が分からないので、何とも言えませんね――」

小さく首を振りながら小石川が答える。

凛《りん》としていた伊織の表情が、一気に暗くなった気がした。

「やはり、幽霊の仕業なのでしょうか？」

伊織がぽつりと呟くように言った。

「幽霊だなんて……そんなはずはありません」

小石川が強く否定する。

それを受けた浮雲の表情が、わずかに強張《こわば》った。

「なぜ、違うと言い切れる？」

浮雲の問いかけに、小石川が顔を上げた。

「私は、幽霊というものを信じていません。原因は分かりませんが、何かの病気なんです。祈禱《きとう》やお祓いをしたところで、回復はしませんよ」

小石川は、毅然《きぜん》とした態度で言った。いかにも医師らしい言葉だ。

「存在しないと決めつける根拠は何だ？」

浮雲が憮然とした表情で問う。

赤い布に描かれた眼に慄いたのか、小石川が一瞬、固まった。が、すぐに小さく笑みを浮かべる。

「私は、生まれてこのかた、幽霊というものを見たことがありません」

「見たことがないものは存在しない――そう言いたいのか？」

「ええ」

「では訊くが、お前は、織田信長《おだのぶなが》はいたと思うか？」

「それは、いたでしょう」

小石川は怪訝な顔をしながらも返事をする。

「なぜだ？　お前は織田信長を見たことがあるのか？」

「いいえ、ありません」

「見たこともないのに、いたというのはおかしいだろう」

「それは屁理屈《へりくつ》です」

「何が屁理屈だ。今、お前はそう言ったんだ。見たことがないから存在しない――と」

「それとこれとは、別の話です。それに、織田信長は存在した証《あかし》として文献などが残っているじゃありませんか」

「幽霊だって、文献が残っているだろう」

「それこそ、屁理屈です」

「いいか、世の中には、お前の知らないことがたくさんある。だが、それは、お前が知っていようと、知らなかろうと、確かに存在するんだ」

浮雲は、口許に妖しい笑みを浮かべたあと、瓢に直接口を付けて、酒をぐいっと呷った。

小石川は、これ以上の議論は無駄だと思ったのか、苦笑いを浮かべたあと、手早く箱の中から紙包みを五つばかり取り出し、新太郎の枕元にある盆の上に置いた。

「今まで通り、この薬を一日一包み、水にとかしてゆっくり飲ませて下さい」

小石川が言うと、伊織が「はい」と大きく頷く。

「では、私はこれで失礼します」

丁寧に頭を下げたあと、小石川は部屋を出て行った。

「藪医者《やぶいしゃ》め——」

浮雲は小石川の去り際、聞こえよがしに吐き捨てた。

幽霊が見える浮雲からしてみれば、真っ向からその存在を否定されたのが気に入らないのだろう。

「それで、どうですか？」

八十八が訊ねると、浮雲は、新太郎の枕元にどっかとあぐらをかいた。

「何か、良からぬものが憑いているのでしょうか？」

不安げな表情で、伊織が訊ねて来た。

「まだ、分からんな。それより、この男はいつから眠り続けているんだ？」

「七日ほど前からです」

浮雲の質問に、伊織が答える。

「その前に、何か兆候はあったか？」

「風邪はひいたようですが、それくらいです」

伊織が答えると、浮雲は腕組みをして「うーん」と唸った。

浮雲が、何を考えているのか、八十八には分からなかった。そもそも、見ている世界が違うのだから、分かるはずもない。

「で、どうします？」

沈黙に耐えきれず、八十八が訊ねる。

「今晩、ここに泊まるが構わんな」

浮雲の言葉に、伊織が大きく頷いた——。

四

「いい月だ——」

新太郎の枕元に座った浮雲が、徳利《とっくり》の酒を盃に注ぎながら呑気《のんき》に言った——。

さっき、女中に持って来させたものだ。

確かに雲に隠れていた昨晩とは違い、輝きを放ついい月だ。だが、そういう問題ではない。

「もう少し、真剣に見張ったらどうです？」

浮雲の態度には緊張感がない。これでは、まるっきり月見酒だ。おまけに、ここは眠ったまま目覚めない新太郎の枕元だ。不謹慎極まりない。

浮雲はふんっと鼻を鳴らして笑い、盃の酒を一息に呷った。

「おれは、いたって真剣だ」

「そうは見えません」

酒を呑みながらでは、到底真剣だとは思えない。

「あの小娘を見習えってか？」

浮雲は、そう言って庭に目を向けた。

袴姿の伊織が、一心不乱に木刀を振っているのが見えた。幽霊の襲来に備えているのだろう。

その姿は美しい。美しいのだが、八十八は引っかかりを覚えていた。

うまく表現できないが、強いて言うなら、伊織が本来持っているはずの輝きを、無理矢理押し込めている——そんな感じだ。

「そういえば、あの女は止めとけ——そう言ってましたね」

萩原家の門を潜るとき、浮雲が耳打ちした言葉だ。浮雲は、「そのうち分かる」と言っていたが、今に至るも、八十八にはその真意が分からない。

「何だ。やっぱり、あの小娘に惚れてんじゃねぇか」

浮雲は、冷やかすように言う。

「そういうんじゃありません。ただ、あんなことを言われれば、気になるじゃないですか」

「八、本当に、見て分からねぇのか？」

「分かりません」

八十八がきっぱりと言うと、浮雲は呆れたように首を振りながらため息を吐いた。

「ありゃ、男を知らねぇ生娘《きむすめ》だ」

突然のことに、浮雲が何を言っているのか理解するのに時間がかかった。

「な、何でそんなことが分かるんです？」

「見れば、分かるだろ」

「分かりません！」

八十八が大きな声を出したせいか、伊織が動きを止めて、こちらに顔を向けた。

思いがけず視線がぶつかり、八十八は引き攣《つ》った笑みを返すしかなかった。しばらく怪訝な表情を浮かべていた伊織だったが、再び木刀を振り始めた。

「もう。浮雲さんが、いきなり変なこと言うからです」

八十八は、ため息混じりに抗議するが、浮雲はどこ吹く風である。

「何が変なことだ。これは重要なことだ」

「どうしてですか？」

「生娘を相手にするのは、荷が重いって言ってんだよ」

「ですから、私は、伊織さんをそんな風には見ていません。それに、伊織さんは新谷さんと夫婦《めおと》になるようですし、私のような町人とは、住む世界が違います」

八十八が言うと、浮雲が笑った。

「違うと決めつけているのは、お前だろ」

「決めつけるも何も、実際、身分が違うじゃないですか」

浮雲が何と言おうが、武家と町人との間での縁組みは認められていない。それが身分の違いというものだ。

「床の中では、身分もくそもない。ただの男と女だ」

理屈は分かる。だが――。

八十八が反論しようとしたところで、直弼が廊下を歩いて来た。

「何の用だ？」

浮雲が、ため息混じりに言う。

「用はありません。ただ……」

直弼は言い淀《よど》んだ。

「おれが、信用できねぇってわけか」

浮雲が直弼の心中を代弁する。

直弼は何も答えず、熱心に木刀を振る伊織に目を向けた。

おそらく直弼は、浮雲を信用できないということもあるが、伊織の身を案じて足を運んだのだろう。

「八よ」

浮雲が、ぽつりと言った。

「何です？」

「辛《つら》かったら、泣いていいぞ」

いったい、何のことを言っているのか――問い質《ただ》そうとしたが、できなかった。浮雲が何かを感じたらしく、表情を硬くしたからだ。

「おいでなすった――」

浮雲は低い声で呟くと、金剛杖を持って立ち上がった。

「何がです？」

「幽霊だよ」

そう言って、浮雲は金剛杖で裏門を指し示した。

八十八は、門に目を向け息を呑んだ。

そこには――一人の女が立っていた。

闇に溶けるような藍色の着物。青白い顔をしながらも、妖艶な美しさをたたえている。

昨晩の女に間違いない。

伊織も、直弼もその存在に気付いて視線を向ける。

一気に緊張が走った。

女は、地面を滑るように新太郎の部屋に向かって来る。

「兄上に近づくな！」

伊織が駆けて来て、女の前に立ち塞がり、木刀を正眼《せいがん》に構える。

それでも、女は止まらなかった。

「来るな！」

伊織は、かけ声とともに真っ向から打ちかかる。

しかしその切っ先は、女の身体をするりとすり抜けてしまった。

伊織は、諦めずに、横一文字、あるいは袈裟懸《けさが》けに、何度も女に打ちかかるが、その度に女の身体をすり抜けてしまう。

「無駄だ。止めとけ」

浮雲が裸足《はだし》のまま庭に下り、ぐいっと伊織を押し退《の》けた。

それでも尚《なお》、伊織は女に打ちかかろうとする。八十八は、とっさに伊織の手を取って引き戻した。

「ここは、浮雲さんに任せましょう」

八十八が言うと、伊織は下唇を噛《か》んで俯《うつむ》いた。

「お前さんは、なぜ現世を彷徨《さまよ》っている？」

浮雲はそう問いかけながら、眼を覆った赤い布の左側をわずかにずり上げた。伊織や直弼に分からぬように、女を見ているのだ。

「わ……くるお……あい……」

女が震える声で言った。

八十八には、何を言っているのか聞き取れなかったが、その声に強い情念がこもっているのだけは分かった。

「やはり、そういうことか——」

浮雲が、呟くように言う。

まるで全てを承知したかのような口ぶりだ。

「おのれ……たたき斬ってくれる！」

さっきまで恐怖で固まっていた直弼が、覚悟を決めたのか、抜刀して女に斬りかかった。

真っ直ぐに振り下ろされたその切っ先は、案の定、女の身体をすり抜ける。

女は、睨《にら》み付けるような視線を直弼に向けたあと、昨晩と同様、闇に溶けるように消えた——。

五

八十八が、浮雲が根城にしている神社の社を訪れたのは、翌日の昼過ぎだった――。

本当はもっと早くに訪れるつもりだったのだが、昨晩遅かったこともあり、完全に寝過ごしてしまった。

「こんにちは――」

社の前で声をかけたが、返答はなかった。

「浮雲さん、いないんですか？」

再び声をかけたところで、社の扉が開いた。

八十八は思わずぎょっとなる。中から出て来たのは、浮雲ではなく、薄紅色の着物を着た女だった――。

年の頃は、二十代の半ばくらいだろうか。目鼻立ちがはっきりしていて、思わず息を呑むほどに、華やかで艶《あで》やかな美しさをもった女だった。

「あなたが、八十八さんね」

女は、色っぽい流し目を八十八に向けてくる。

少し掠《かす》れた感じの声だが、それが目の前の女には似合っていて、魅力的に感じられた。

「え、あ、そうですけど……なぜ、私の名を？」

「教えて欲しい？」

女は、もったいをつけるように言いながら、白く長い指先で八十八の頬をそっと撫《な》でた。

梅の花に似た香りが、鼻腔《びこう》をくすぐる。

あまりのことに、次の言葉が出なかった。そんな八十八を見て、女は厚みのある唇に笑みを浮かべた。

「赤くなっちゃって。かわいいわね」

「わ、私は、その……」

「あなたのような人が、あんな男とかかわっちゃ駄目よ」

女が、八十八の耳許で囁くように言った。

息がかかり、こそばゆく感じる。

「あんな男？」

「まあ、いいわ。あの人なら、中にいるわよ」

女は社を振り返りながら言う。

「あっ、はい」

八十八が返事をすると、女は小さく笑みを浮かべ「じゃあ、またね——」と、しなやかな足取りで歩いて行ってしまった。

——浮雲の恋人だろうか？

などと考えながら、八十八は社の中に足を踏み入れた。

「何だ。八か——」

社の壁に寄りかかるように座っていた浮雲が、あくびを噛み殺しながら言った。

白い着流しがはだけ、引き締まった胸元が露《あら》わになっている。

「あの……さっきの女の人は？」

八十八が言うと、浮雲が顔をしかめた。

「ああ。玉藻《たまも》か——」

「玉藻さん——というのですか？」

「本名は知らねぇよ。ただ、おれがそう呼んでいるだけだ」

「知らないって……恋人ではないんですか？」

「何でおれが、あいつのことを玉藻って呼んでいるか分かるか？」

浮雲は、そう返しながら瓢の酒を盃に注ぐ。

「分かりません」

「玉藻の前《まえ》から取ってるんだよ」

「それって、九尾《きゅうび》の狐《きつね》が化けていたという、あれですか？」

玉藻の前の伝承は、以前に耳にしたことがある。

絶世の美女であった玉藻の前は、帝《みかど》の寵愛《ちょうあい》を受けた。しかし、その正体は災いをもたらす妖魔、九尾の狐だったという話だ。

確か安倍 某《あべのなにがし》という陰 陽師《おんみょうじ》に退治されたはずだ。

「そうだ。玉藻は、身体は許しても、心は絶対に許さない。そういう類の女だ。下手《へた》に手を出せば、地獄の底に引き摺《ず》り込まれる」

「はあ」

何だか、うまくはぐらかされた気がするが、今はそれにこだわっているときではない。

八十八は、浮雲の向かいに正座する。

「何だ。急にかしこまって」

浮雲は、盃の酒をぐいっと呷りながら言う。

「何だ——ではありません。萩原家の一件ですよ」

昨晩、女の幽霊が消えたあと、浮雲はさっさと身支度を済ませて萩原家を出て行ってしまった。

事件は、何も解決していないのだ。

「ああ。あれか……」

浮雲は視線を宙に漂わせる。

昨日の今日で、忘れるはずがない。惚けているとしか思えない。

「何とかしなければ、伊織さんのお兄さんが……」

「それは、心配には及ばんよ」

浮雲がきっぱりと言う。

「どういう意味です？」

「分からんのか？」

「分かりません」

八十八が詰め寄ると、浮雲はいかにも迷惑そうに顔をしかめた。

「まったく。少しは自分で考えるということをしたらどうだ？」

浮雲の物言いに、むっとなる。

八十八とて、何も呆《ほう》けていたわけではない。昨晩からずっと、あの幽霊について考え続けている。だが、それでも分からない。

「私は……」

反論しようとした八十八を、浮雲が制した。

「いいか。昨晩の幽霊は、毎晩、萩原家に姿を現わす。それは、なぜだと思う？」

「新太郎さんに、会いに来ているのではないでしょうか」

「まあ、当たらずとも遠からずだ」

「はぁ……」

「あの幽霊が、新太郎に会いに来ているのだとして、その理由は何だと思う？」

「理由――ですか？」

「そうだ。理由があるから、会いに来るのだろ」

浮雲の言っていることは分かるが、別の考え方もできる。

「理由がなくても、会いに来ることはあると思います」

「ほう。どういう場合だ？」

浮雲が、すっと目を細める。赤い双眸が、わずかに光を帯びたような気がした。

「たとえば、新太郎さんに恋い焦がれているとか――」

八十八が言うと、浮雲は小さく笑った。

「恋い焦がれた相手に会いに来るのは、立派な理由だろう」

「ああ、そうか……」

「女の幽霊が、恋い焦がれて彷徨っているとして――死んでから、新太郎に恋をしたのか？　それとも、恋をしたあとに死んだのか？」

「恋をしたあとに、死んだのだと思います」

「なぜ、そう思う？」

「根拠はありません。ただ、そんな気がしただけです」

八十八が言うと、浮雲は大きく頷いてみせた。

「おれも、お前と同じようなことを考えた」

自分だけでなく、浮雲も同じ考えなら、今の推測は正しいように思える。だが、もしそういうことなら――。

「あの幽霊は、新太郎さんの恋人――ということになりますね」

「まあ、その可能性はあるな」

「しかし、新太郎さんには縁談が……」

「それは望んだ縁談なのか？」

そう言って、浮雲が恐い顔をした。

「どういう意味です？」

「武家の縁組みってのは、惚れた腫れただけでは済まないんだよ」

浮雲の言う通りだ。

どの家と縁組みを結ぶかは、本人の気持ちだけでは済まされない。その後の地位に大きく影響を及ぼす。だからこそ、武家が縁組みするためには、幕府や藩の許可まで必要になるのだ。

惚れた相手と引き離されたり、望まぬ相手と夫婦になることは、往々にしてあることなのだ。だが――。

「では、あの女の幽霊は、新太郎さんの恋人ではなかったと？」

「理屈で割り切れないのが、男と女の仲だ」

縁談はあったが、他に女がいた――ということが言いたいのだろう。

「まあ、そうかもしれません」

「そうなると、あの女がなぜ死んだのかが引っかかる」

浮雲は含みを持たせた言い方をした。細められた赤い双眸が冷たく光る。

「何が言いたいんですか？」

「あの幽霊は、おそらく色街の女だ。縁談が決まった新太郎にとっては、さぞや邪魔だったろうな――」

またしても含みを持たせた言い方だった。

口には出さないが、女との縁を切るために新太郎が殺したと考えているようだった。

しかし――。

「結婚していても、色街に通う男はいますよ。妾《めかけ》がいる人だって……」

「萩原家に、そんな甲斐性《かいしょう》があるとは思えねぇな。色街の女を身請けして、妾にするには、金がかかる」

確かにそうだ。身請けをするには、相当な金が必要になると聞いたことがある。それに、別宅を用意したり、生活の面倒も見なければならない。

武家の力が弱まって来ている昨今なら、尚のことだ。

「でも、だったら、その女と別れれば――」

「別れ話がこじれたのか、色街の女を手放すのが惜しかったのか……」

「だったら、好きな女と添い遂げる方が……」

「だから、お前は阿呆だと言うんだ。その縁談が、自分の出世に有利なものだとしたら？　己《おのれ》の欲のためなら、恋慕の情を平気で切り捨てる奴もいるってことだ」

確かに、そういう輩はいるだろう。

だが、眠っているところしか見ていないが、新太郎がそんなことをする人物とは思えなかった。

まして、そのために人を殺すなど――。

「まあ、とにかく、あの幽霊がどこの誰かは、玉藻に調べさせている」

一息吐いたところで、浮雲が改まった口調で言った。

「どうやって調べるんですか？」

「色街のことは、色街の女に訊くのが一番なのさ」

玉藻は、色街の娼妓《しょうぎ》ということか。あの芳潤な色香を思い浮かべ、納得すると同時に、疑問も浮かんだ。

色街の娼妓が一人で外出することなど、許されないはずだ。どういうことなのか、訊ねようとしたが、それより先に浮雲が口を開いた。

「お前には、別のことを調べてもらう」

「別のこと？」

口にしながら、八十八は嫌な予感がしていた。

六

「こんにちは――」

萩原家の女中の案内で縁側に足を運んだ八十八は、庭で一心不乱に木刀を振っている伊織に声をかけた。

伊織は、木刀を振るのを止め、八十八に顔を向ける。

きりりと引き締まった伊織の表情に、八十八は硬い笑みを返した。

こうやって、木刀を持っているときの伊織は、凛として美しくはあるが、近寄りがたい空気を放っている。

「八十八殿――何か分かりましたか？」

伊織は、手拭いで額の汗を拭いながら歩み寄って来た。

「いえ、それがまだ……」

八十八が答えると、伊織は「そうですか……」と目を伏せ、縁側に腰かけた。

「ただ、浮雲さんは大丈夫だと言っていました」

安易な慰めだと自覚しながらも、八十八は伊織の隣に腰を下ろした。

「その言葉を、信じます」

伊織の強い眼差《まなざ》しを受け、今度は八十八が視線を落とした。

そのまま、しばらく沈黙が流れた。こうやってお互いに黙っていても、何も始まらない。そもそも、八十八は目的があってここに足を運んだのだ。

思い切って、「実は——」と話を切り出す。

「伊織さんに訊きたいことがあるのです」

「私に？」

伊織が小首を傾《かし》げる。

「お兄さんの新太郎さんのことです」

「何でしょう？」

「新太郎さんは、どんな人ですか？」

八十八は、訊ねながら新太郎の部屋の方に目を向けた。

今は障子が閉められていて、その姿を見ることはできない。眠っている姿だけの印象に過ぎないが、父親である正之介に似て、穏和な人柄のように思えた。

「優しい人です。とても。でも……」

伊織の表情が、わずかに曇った。

「でも――何です？」

「優し過ぎるんです。剣術の稽古をしていても、相手が痛い思いをするのがかわいそうだと、わざと自分が打たれたりするんです」

「それで、いいのではないですか？」

「武家の嫡男《ちゃくなん》としては、そういうわけにはいきません。ときには、厳しく振る舞うことが必要になります」

呉服屋の息子である八十八には計り知れないが、伊織の言う通り、武家に生まれたからには、それ相応の振る舞い方があるのだろう。

伊織は、何かを堪《こら》えるように、唇をきつく噛んでいる。その表情を見て、八十八の中に疑問が生まれた。

「伊織さんは、なぜ剣を振っているのですか？」

八十八が訊ねると、伊織は睨み付けるような視線を向けて来た。

「女のくせに……そう言いたいんですか？」

「そうではありません。女の人が、剣を習ってはいけない道理はありません」

「なら……」

「武家だからとか、お兄さんの代わりにとか、そう思っているのだとしたら、とても哀《かな》しいと思ったんです」

「哀しい？」

伊織が、分からないという風に首を傾げた。

「はい。私は、今、絵師を志しています」

「絵師ですか」

「はい。でも、少し前まで、呉服屋の息子なのだから、跡を継がなければいけないと考えていました。でも、そういう生き方って、少し変だと思うのです」

「どうしてですか？」

「生まれがどうとか、家がどうとかで、自分を縛ってしまうのって、哀しいと思いませんか？」

「八十八殿は、変わった人ですね」

伊織は、そう言うと俯きながら微かに笑った。

笑う伊織を見たのは、これが初めてかもしれない。胸がふわっと温かくなるような、そんな表情だった。

「変わってますか？」

「はい。変わっています」

伊織が大きく頷く。

そんな風に、強く言われてしまうと、返す言葉が見つからない。

「好きだからです――」

しばらくの沈黙のあと、伊織がすっと立ち上がりながら言った。

「え？」

「私は、好きだから剣を振るっているのです。別に人を斬りたいと思っているわけではありません。ただ、剣を振るっていると、心が落ち着くのです」

そう言って、伊織は木刀を正眼に構えた。

途端に、伊織を包む空気が一変する。その姿は、やはり美しかった。

「そうですか。それなら良かった」

「はい」

「もう一つ、訊いてもいいでしょうか？」

八十八が訊ねると、伊織が頷いて木刀を下ろした。

「新太郎さんは、縁談が決まっていたとのことですが、お相手はどなたなんですか？」

「永井《ながい》家のご息女の多恵《たえ》さんです」

「やはり、親同士が決めたことなのですね」

八十八が言うと、伊織がはにかんだように笑った。

「違います」

「違う？」

「はい。兄上と多恵さんは、幼馴染《おさななじ》みで恋仲だったんです。父上が、そのことを知り、永井家に掛け合って縁談をまとめたんです」

「そうでしたか――」

予想に反する答えだった。

しかし、それは浮雲との話で、偏った見方をしていたからかもしれない。

「一度は承諾しましたが、永井家では、此度《こたび》の縁組みに、あまり乗り気ではありません」

「なぜです？」

「萩原家も永井家も、正直、それほど大きくはありません。多恵さんは、綺麗な方ですし、先方としては、格上の家に嫁がせたいという考えがあるのだと思います」

「なるほど……」

娘の結婚が、そのまま出世にかかわるのだから、悩みもするだろう。町人から見れば、好き放題やっているように見える武家も、何かと大変なようだ。

「ですから、兄上の今の状態を知ったら、破談になってしまうかもしれません」

伊織が、小さくため息を吐いた。

心の底から新太郎の身を案じ、気を揉《も》んでいるのだろう。

「そうは、させません」

気付いたときには、口に出していた。

状況も分からぬ八十八に、できることなどたかが知れている。だが、それでも、哀しげな伊織の横顔を見て、何とかしてやりたいと思った。

「心強いですね」

伊織が、小さく笑った。

だが、それはぎこちないものだった。おそらく、八十八の言葉に根拠がないことを見透かしているのだろう。

途端に恥ずかしくなり、八十八は俯いてしまった。

「お訊ねは、それだけですか？」

しばらくの沈黙のあと、伊織が言った。

「あっ、いえ、新太郎さんには、多恵さんの他に、想《おも》い人《びと》はいませんでしたか？」

「いません」

即答だった。

「周りが気付いていないだけで、密《ひそ》かに逢瀬《おうせ》を重ねていたかもしれませんよ」

「兄上に限って、それはあり得ません」

伊織はきっぱりと言い切った。

八十八としては、その言葉を信じたいところだが、人は想像もつかない別の一面を持っていることがある。前回の事件で学んだことだ。

とはいえ、これ以上追及したところで、伊織からは何も出て来ないだろう。

「分かりました。ありがとうございます」

「このようなことで、兄上の容態が回復するのでしょうか？」

伊織が懐疑的になるのも頷ける。

何せ、八十八自身、半信半疑なのだ。とはいえ、今は浮雲を信じて動くしかない。

「浮雲さんが、何とかしてくれるはずです」

「信頼しているのですね」

伊織に言われて、改めて考えてみる。

浮雲は普段から酒ばかり呑んでいるし、素性が知れない。その上、八十八から金を盗み取る手癖の悪さもある。さらには、相当の色好みときている。

正直、信頼に価する人物とは言い難いが、それでも、この状況において、頼りになるのは浮雲だけだ。

「どうでしょう」

八十八は、曖昧に答えて立ち上がり、礼を言って立ち去ろうとしたが、忘れていたことを思い出して足を止めた。

「あの、もう一つ――」

「何でしょう?」

「伊織さんの縁組みは、いつ決まったのですか?」

これも、浮雲に訊ねるように言われたことだ。

八十八自身、興味もあった。

「決まってなどいません」

伊織は、きっぱりと言った。

「しかし……」

昨日、萩原家を訪れたとき、伊織の父である正之介が、直弼との縁組み云々《うんぬん》の話をしていた。

「あれは、新谷様が勝手に言っているだけのことです」

「そうなんですか?」

「私は、嫁に行く気などありません」

「それは、新谷さんが嫌い――ということですか?」

「そういうことではありません。ただ、そういう気にならないというだけです」

伊織は逃げるように庭に歩み出た。

その後ろ姿を見つめてみたが、真意は窺《うかが》い知れなかった――。

七

「八十八さん」

浮雲のいる神社に向かおうとしているところで、声をかけられた。

「土方さん」

振り返り、八十八が声を上げると、土方は小走りで駆け寄って来た。

甘い顔立ちをしていて、一見すると穏やかに見えるのだが、切れ長の目の奥にある瞳は、常に鋭い光を放っていて、心の底は計り知れない。

薬の行商人なのだが、武士といった方がしっくりくるほどの存在感がある。

「また、幽霊がらみの事件に巻き込まれたそうですね」

土方が、笑みを浮かべながら言った。

「どうしてそれを？」

「あの男が、ぼやいていました。八は余計なものを拾ってくる――と」

土方が、浮雲の声音を真似《まね》しながら言った。

それがあまりに似ていて、八十八は思わず噴き出してしまった。

「私は、そんなつもりでは……」

「そう気に病むことはありません。あの男は、憑きもの落としが生業《なりわい》なわけですから、仕事を持って来てくれた八十八さんに感謝すべきなんですよ」

「そう言ってもらえると、少しは楽になります」

「それで、今からあの男のところに行くんですよね」

「ええ」

八十八が答えると、土方は背中に背負った薬箱を下ろし、中から三角に包んだ紙を差し出して来た。

「これを、あの男に渡して下さい」

「何です？」

「見ての通り薬です」

「はあ……」

浮雲は、どこか悪いのだろうか――などと考えながら薬包を受け取った。

「それから、伝言をお願いします」

「土方さんは、行かないのですか？」

「ええ。ちょっと急ぎの用がありましてね」

「そうですか……」

「想像していた通りの物だった——そう伝えて頂けますか？」

「どういう意味です？」

「伝えれば分かりますよ」

土方は笑顔で言うと、再び薬箱を背負い、踵を返してすたすたと歩き去ってしまった。

まるで走っているような早足で、あっという間にその背中が見えなくなった。

——せわしい人だ。

八十八は、気を取り直して浮雲のいる神社に向かう。

鳥居を潜り、草むらを抜けて社の前に立つ。声をかけようとしたが、それより先に
「入れ」と中から浮雲の声がした。

八十八が社の中に入ると、浮雲は床に寝そべり、平打簪をじっと眺めていた。

「それは、幽霊が持っていたものですよね」

八十八が言うと、浮雲は気怠《けだる》そうにしながら身体を起こす。

「正確には、幽霊になる前に、女が落とした——だな」

「何が違うんですか？」

「幽霊は、人の想いの塊みたいなものだ。物を持ったり、壊したり、そういうことはできねぇんだよ。そんなことより、歳三《としぞう》の阿呆に会っただろ」

「なぜ、それを知っているんですか？」

八十八は、驚きの声を上げた。

「薬包を持ってるだろ。それは、おれが歳三に預けたものだ」

「ああ」

言われて納得する。しかし、同時に疑問も浮かんだ。

「浮雲さんが、預けたものなんですか？」

「そうだ」

「何でまた？」

薬の行商人である土方に、薬を預けるとは、何だか奇妙だ。

「それは後で説明してやるよ。それより、歳三は何か言ってなかったか？」

「あ、想像していた通りの物だったと伝えて欲しいと――」

八十八が言うと、浮雲は尖った顎に手を当て「やはり、そうか……」と呟く。

いったい、何を考えているのか？　訊ねようとしたが、それより先に浮雲が質問をぶつけて来た。

「で、お前の方はどうだったんだ？」

「それなんですが……」

八十八は、浮雲の前に正座して、伊織から聞き出した話を、仔細に語って聞かせた。

浮雲は、ときおり盃の酒を呷りながら、じっと八十八の話に耳を傾けていた。

「なるほど。だいたい見えて来た」

八十八が話し終えると同時に、浮雲が口にした。

「何が見えたのですか？」

「真実——とでも言っておこうか」

「本当ですか？」

八十八は思わず腰を浮かせる。

「ああ」

「では、あの幽霊を祓うことができるのですね」

「その前に、やることがある」

「何です？」

「新太郎を起こすんだよ」

予想外の浮雲の言葉に、八十八は「へ？」と首を傾げた。

「幽霊を祓う前に、新太郎さんを起こす——ということですか？」

「そうだ」

「しかし、新太郎さんは、その……幽霊に憑かれて、ああなっているんですよね」

八十八が言うと、浮雲は赤い双眸を真っ直ぐに向け、にいっと不敵な笑みを浮かべた。

八

「あの……新太郎さんを起こしに行くんですよね」

八十八は、隣を歩く浮雲に訊ねた。

浮雲は、相も変わらず金剛杖を持ち、墨で眼を描いた赤い布を両眼を覆うように巻き、盲人のふりをして歩いている。

「そうだ」

浮雲は、平然と答える。

「だとしたら、方角が違います。萩原家は、あっちです」

八十八が立ち止まって指差すと、浮雲はふんっと鼻を鳴らして笑った。

「そんなことは、分かってる」

「でしたら……」

「新太郎を起こすには、こっちの方角で合ってるんだよ」

浮雲は突き放すように言うと、すたすたと足早に歩いて行く。そこまで自信があるのなら、あとは従うしかない。

浮雲について歩みを進め、辿《たど》り着いたのは、小さな診療所だった。

「なぜ、診療所なんですか？」

八十八が訊ねると、浮雲は「すぐに分かるさ」と、中に入って行ってしまった。

釈然としない思いを抱えながらも、八十八もあとに続く。

「あっ！」

入ってすぐ、知っている顔を見つけた。

新太郎を診ていた医師、小石川だ。向こうも驚いたらしく、八十八と浮雲を交互に見て、目を白黒させている。

「どうかされましたか？」

怪訝な顔で訊ねる小石川を見て、浮雲はにやっと笑みを浮かべた。

「あんたに、訊きたいことがあってな」

「何でしょう？」

「ここで話してもいいが、色々と拙《まず》いと思うぞ」

浮雲は、金剛杖を肩に担ぎ、ずいっと小石川に身を寄せる。

その迫力に圧《お》されたのか、小石川は「こちらにどうぞ」と、中に入るように促した。

八十八は、困惑しながらも、浮雲と共に小石川の案内に従う。通されたのは、書斎と思《おぼ》しき部屋だった。文机《ふづくえ》が一つ置かれている。

「それで、お話とは、何のことでしょう？」

向かい合って座ったところで、小石川が切り出した。額に汗を浮かべ、どこか落ち着かない様子だ。一方の浮雲は、壁に寄りかかるようにして片膝を立てて座っている。

「わざわざ言わなくても、分かっているんじゃねぇのか?」

浮雲の問いに、小石川は「はて?」と首を傾げてみせる。

「これのことだよ」

浮雲は、ぶっきらぼうに言うと、散薬《さんやく》の入った包みを小石川に向かって投げる。さっき土方から受け取ったものだ。

「これは、いったい何です?」

小石川は首を振りながら、包みを文机の上に置いた。

「そうか。惚《とぼ》けるか。まあ、そうだろうな。こんなことが表に出れば、お前はもう終わりだ」

浮雲の赤い布に描かれた眼が、真っ直ぐに小石川を見据える。

「ですから、何のことですか?」

「お前、惚れた女がいるだろ」

唐突に浴びせられた質問に、小石川が顔を歪める。

「いきなり、何を言うのです?」

困惑する小石川を無視して、浮雲は話を続ける。

「相手は、永井家の娘で多恵という女だ」

「永井家の多恵さんのことなら、存じ上げていますが、私とあの方とでは、身分が違います。惚れた腫れたの話はありません」

「下らねぇ」

浮雲は、吐き捨てるように言った。

「はい？」

「どいつもこいつも、身分だ、しきたりだ――と下らん御託《ごたく》を並べやがる。そんなものが、惚れていない言い訳になるとでも思ってんのか？」

「何を仰《おつしや》っているのか、私には……」

「身分が違っていようが、いまいが、男は女に惚れると言っているんだ」

浮雲の言葉に、小石川が顔を引き攣らせた。

「いったい、何なんですか？」

「そうやって自分の気持ちに嘘《うそ》を吐《つ》き続けた結果、お前は己を見失ったんだよ」

「いい加減に……」

「黙って聞け！」

浮雲は、金剛杖で小石川の肩を突いた。小石川は、体勢を崩して後ろに倒れた。

「何をするんですっ！」

止めに入った八十八だったが、浮雲はそれを振り払うように立ち上がると、小石川をじっと見下ろした。

「おれには、お前たちには見えないものが見えるんだ――」

浮雲は、そう言って眼を覆った赤い布をずり下ろした。

真っ赤に染まった双眸に睨まれ、小石川が驚愕《きようがく》の表情を浮かべた。

「なっ、何だその眼は――」

そう言った小石川の顔はみるみる青ざめていく。

あからさまな恐怖の表情だった。

浮雲は、赤い眼を晒《さら》す度に、何度もこういう顔をされてきたのだろう。だから、布を巻いて隠しているのだ。

八十八は、今さらのように浮雲の抱える闇を知った。

「この眼には、他人には見えないものが見える」

浮雲が、小石川に詰め寄る。

「見えないもの？」

「そう。たとえば、お前の心の中――とか」

「ひっ……」

小石川が、恐れ慄き逃げ出そうとしたが、浮雲はすぐに首根っこを捕まえて、畳に顔を押しつける。

「まだ、話は途中なんだよ」

「うぅ……」

「多恵に惚れたものの、向こうには許嫁がいた。武家の男だ。名を新太郎という」

「わ、私は……」

「お前は、多恵恋しさから、何とかその縁組みを止めようとした。そんなとき、萩原家に現われる女の幽霊の話を聞き、それを利用することにしたんだ」

ここまで聞き、八十八にも何が起きていたのか、朧《おぼろ》げながら見えて来た。

「もしかして、この人は……」

八十八が言うと、浮雲は大きく頷いた。

「そう。こいつが新太郎に飲ませていたのは、強力な眠り薬ってわけだ」

浮雲が言うのと同時に、観念したのか、小石川が固く目を閉じた。

「何ということを……」

八十八は、思わず声を上げた。

おそらく浮雲は、新太郎が眠り続けている状態を、最初からおかしいと思っていたのだろう。

だから、あのとき新太郎に飲ませている薬をかすめ取り、土方に渡し、調べさせていたのだ。

それだけではない。八十八が伊織から聞いた情報を元に、小石川がなぜそのようなことをしたのか、その動機まで探り当てたというわけだ。

「お前は愚かな男だ」

浮雲は、小石川の耳許に顔を近付け、囁くように言うと、彼から手を離した。

ゆらゆらと身体を起こした小石川は、怒りと憎しみの混じった強い眼差しで浮雲を睨む。

「恋い焦がれることの、何が悪い……」

小石川は、目に涙を滲《にじ》ませながら、絞り出すように言った。

悲痛に満ちた声だ。それほどまでに、多恵に対して強い想いをもっているのだろう。

「ようやく、素直になったじゃねぇか」

浮雲が、にんまりと笑った。

小石川は驚きに満ちた目を浮雲に向ける。

「私は……」

「身分だ、育ちだ、そんな下らんものに縛られて、自分の感情を押し隠すから、前が見えなくなるんだよ」

「………」

「相手が武家だろうが町人だろうが、男は女に惚れる。それが人の理だ」

「私は、多恵さんを好きになっても良かったのですか？」

「男が女に惚れるのに、誰かの許しなんざ必要ねぇんだよ」

「そうですね。そうでしたね……」

小石川は、きつく唇を噛んだ。

「それにお前は、もう惚れてた。だから、多恵って女の縁組みの話を潰そうとしたんだろ」

「はい……」

小石川が項垂《うなだ》れる。

「もし、新太郎と多恵の縁組みが、政略だとしたら、少しはお前に同情しないでもない。だが、あの二人はお互いを好いている」

浮雲の言葉を受け、小石川が「ぐっ」と唸《うな》り声を上げた。

「多恵って女は、新太郎に惚れている。そうなると、お前は余計なんだよ」

浮雲が言うのと同時に、小石川の目に溜《た》まっていた涙が、ほろほろと零《こぼ》れ落ちた。

八十八はそれを見て、情けないとか、女々《めめ》しいとは思わなかった。やり方はどうかと思うが、涙を流すほどに、誰かを好きになれるというのは、ある意味幸せなことだ。

「そんなことは、私も分かっている……分かっているけど……」

小石川は、畳に爪を立ててむせび泣いた。

「それが阿呆だと言うんだ」

浮雲は、容赦なく言う。

「え？」

「恋慕の情は、人を強くもするが、ときとして鬼にも変えてしまう。それが——理だ」

「私が、鬼だったと？」

小石川がすがるような視線を浮雲に向ける。

「ああ鬼だ。恋の情念に己の身を焼かれた鬼だ。お前も男なら、好いた女を欲するのではなく、好いた女の幸せを願ってみろ」

浮雲の言葉が、八十八の胸の奥にじんわりと染み込んだ。

ただ純粋に、好きになった女の幸せを願うのは、容易《たやす》いことではない。だが、それこそが真理である気がした。

——もしかして、浮雲もかつてはそんな恋をしたのだろうか？

「多恵さんの幸せを……願う……」

しばらくの沈黙のあと、小石川が絞り出すように言った。

「お前が、心を入れ替えるってんなら、このことは黙っていてやってもいいんだぞ」

浮雲は金剛杖を担ぎ、満面の笑みを浮かべながら言う。

仏心《ほとけごころ》を出したように思える言葉だが、八十八は嫌な予感がしていた。

良からぬことを考えているのは、その表情から明らかだった。

「わ、分かりました……」

「よし。これでお前はおれに借りができたわけだ。言っている意味は分かるな」

浮雲は、このことを種に小石川を従わせようという腹積もりなのだろう。

小石川もそのことを分かっているのだろうが、抗《あらが》うことができずに項垂れながら「はい」と小さく返事をした——。

九

八十八は、背筋をぴんと伸ばして正座していた——。

正之介、伊織、直弼も座っている。新太郎の一件についての説明をするために、集まってもらったのだ。

隣に目を向けると、金剛杖を脇に抱え、足を投げ出すように座っている浮雲の姿があった。

緊張している八十八とは対照的に寛いでいるように見える。

「それで、新太郎はどうでしたか？」

正之介が、浮雲に目を向けた。

浮雲は相変わらず余裕の笑みを浮かべているが、八十八の方は冷や冷やである。

新太郎の一件は、医師の小石川が眠り薬を飲ませていたと判明したが、浮雲はそのことを口外しないと約束した。

——いったい、どうやって説明するつもりなのか？

「間違いなくあの女の幽霊に呪われている」

浮雲がさらりと言う。

「呪い——ですか？」

「ああ。強い怨念にやられて、眠り続けているんだ」

——それは嘘でしょ。

八十八は、危うく口に出しそうになった。それにしても、よくも平然と嘘を並べられるものだと感心してしまう。

「祓うことはできますか？」

正之介が問うと、浮雲は尖った顎先に手を当て、思案するような顔をした。

「できないことはない。だが、おれの除霊の方法は、他とは少しばかり違う」

「どう違うのです？」

正之介が訊ねると、浮雲は待ってましたとばかりに、口角を上げてにいっと笑った。

「そもそも幽霊とは、人の想いの塊だ。経を唱えたり、印《いん》を結んだところで、何の解決にもなりはしない」

「そうなのですか？」

「少なくとも、修行もしていないおれには、そういう力はない」

浮雲は自信たっぷりに言う。

「では、どうするのです？」

「幽霊を説得するのさ」

「説得？」

正之介が困惑の声を上げた。

そう思うのは当然だ。除霊といえば、お経やお札が登場するのが定石だ。だが、浮雲は説得するのだと言う。

八十八も、浮雲の手際を実際に目の当たりにするまでは理解できなかった。

「幽霊が彷徨っている原因を見つけ出し、それを解消してやれば、その幽霊は成仏するってわけだ」

「理屈は分かりますが……具体的に、何をするのです？」

正之介が、腕組みをして唸る。

「まず、毎晩ここに現われる幽霊が誰か――ということが問題になる」

「誰なのですか？」

訊ねたのは伊織だった。

「色街の娼妓だ。名をお露《つゆ》という」

あの幽霊の名前は、八十八も初耳だった。「どうしてそれを？」と訊ねると、浮雲はふんっと鼻を鳴らして笑った。

「玉藻に調べさせたのさ」

神社の前で会った、あの女だ。そういえば、浮雲は玉藻に調べさせているようなことを言っていた。

「お露は、内藤新宿《ないとうしんじゅく》にある、夢回屋《むかいや》の娼妓だった。だが、十日ほど前に、店を抜け出し、それから行方が分からなくなっていた」

「あの幽霊が、そのお露という女だと断言する理由は何ですか？」

疑問を投げかけて来たのは直弼だった。

「こいつだよ」

浮雲は、袖口から平打簪を取り出し、それを畳の上に放った。

八十八が柳の根元で拾ったものだ。伊織がその簪を手に取り、じっと眺めている。

「お露を知る者に確認を取った。これは、確かにお露の持ち物だそうだ」

浮雲の説明に納得したのか、直弼はぐっと押し黙った。

「お露さんという方は、もう亡くなっているのですね」

掠れた声で言ったのは伊織だった。哀しげに目を細めている。

浮雲は「そうだ」と頷いてみせる。

伊織は「そうですか……」と呟くように言うと、簪を畳の上にそっと置いた。その指先が、わずかにではあるが、震えているようだった。

「さて、ここで問題になるのが、お露はなぜ毎夜、この屋敷に現われているのか――その理由だ」

「新太郎殿に、会いに来ているのですね」

浮雲の言葉に反応したのは直弼だった。

「おそらくな」

浮雲は、一際《ひときわ》声を低くして言ったあと、すっと立ち上がる。

部屋にいる全員を、赤い布に描かれた眼で見据えたあと、浮雲は金剛杖でドンッと畳を突いてから話を続ける。

「あの女の幽霊は、恋い焦がれて鬼になったのさ。だから、死んだあともなお、恋した男の許に通って来ている」

「どうなってしまうのですか？」

伊織が不安げな表情で訊ねる。

「これからも、毎夜、毎夜、お露はここに通い続けるだろうな。やがては、目当ての男が、自分の側《そば》に来るまで――」

そこまで言ったあと、浮雲は再び畳をドンッと突いた。

「それが――恋慕の理だ」

そこにいる誰もが、言葉を失っていた。それほどまでに、浮雲の放つ言葉は、暗く重かった。

それが恋慕だと言われてしまえばそうなのだが、死んで尚、恋い焦がれた相手の許に通い続けるというのは、何とも恐ろしい。

「止める手立てはないのですか？」

伊織が身を乗り出し、浮雲に懇願する。

「まあ、ないことはない」

浮雲は脱力した調子で答える。

「どうすればよいのですか？」

直弼が急《せ》かすように問う。

「見たところ、あの女の霊は、まだ己が死んだことを自覚していない。だから、ああして彷徨い続けているのさ」

「死んだことに気付かないなど、あり得るのですか？」

八十八が訊ねると、浮雲はふんっと鼻を鳴らす。

「ある。普通は、死んで身体から魂が離れたところで、己の死体を見る。それで、死んだことを自覚する。だが、もし、その死体が隠されていたとしたら？」

浮雲の言わんとしていることは、何となく理解できた。

病気で弱ったわけではなく、覚悟のないまま突然に死んだとしたら、それこそ、自分の死体でも見なければ、死んだことに気付かないかもしれない。

八十八がそのことを口にすると、浮雲は大きく頷いた。

「なら、あの女の幽霊を祓うためには、何をすればいいのか分かるな？」

「死体を見つけて、女の幽霊に見せてやる」

八十八が答えると、浮雲は再び頷いた。理屈は分かる。だが問題は――。

「死体は、どこにあるのですか？」

八十八の疑問を代弁するように、伊織が訊ねた。

部屋にいる全員の視線が、浮雲に集中する。しばらく、黙っていた浮雲だったが、ため息とともにあぐらをかいた。

「残念だが、それが分からんことには、解決のしようがない」

浮雲が小さく首を振った。

威勢が良かった割に、何とも尻すぼみな展開だ。

誰もが落胆の息を漏らす中、一人だけ鋭い視線を浮雲に向けている人物がいることに気付いた。

それは、誰あろう伊織だった――。

十

「これから、どうするんですか？」

八十八は隣に立つ浮雲に訊ねた。信州屋《しんしゆうや》という、そばを出す屋台の軒先だ。

「そばを食うんだよ」

浮雲は、憮然とした顔で答える。

ちょうど亭主がそばの丼を、八十八と浮雲の前に置いた。

浮雲は、いかにも嬉《うれ》しそうに笑うと、丼に顔を近付け、立ち上る湯気の香を堪能《たんのう》したあと、ずるずると音を立ててそばを啜《すす》り始めた。

「そうではなくて、萩原家の一件です」

浮雲は、除霊ができると豪語しておきながら、結局は状況を説明しただけで、早々に引き揚げてしまった。

「ああ。あれか……」

「惚けないで下さい。何か、考えがあるんでしょ」

浮雲のことだから、まったくの無策ということはないはずだ。

「あるには、ある」

「教えて下さい」

「そう急くな。まずは腹ごしらえが先だ」

「そんな悠長な……」

「食わないなら、おれがもらうぞ」

瞬《また》く間に丼を空にした浮雲が、まだ手を付けていない八十八のそばに目を向ける。

何だかはぐらかされているようで釈然としないが、このまま、せっかくのそばを譲るのも癪《しゃく》だ。八十八は、かきこむようにしてそばを食った。

「さて、そろそろ頃合いだな」

八十八が丼を置いたところで、浮雲が呟くように言った。

「頃合いとは？」

「鼠《ねずみ》が罠《わな》にかかる頃だってことだよ」

そう言うと、浮雲は屋台の亭主に「美味《うま》かった」と一言残して歩き出した。意味が分からなかったが、八十八もあとに続く。

「頃合いって何ですか？　罠とは、いったいどういうことです？」

　歩きながら質問をぶつけると、浮雲は足を止めた。

「ずっとおれたちをつけてる奴がいるな――」

　浮雲が、小声で囁くように言う。

「え？」

　慌てて振り返ると、浮雲に頭をはたかれた。

「阿呆が。気付かれるだろうが」

　ぶっきらぼうに言い放ったあと、浮雲は再び歩き出した。

　八十八は、そのあとに続きながらも、宙に浮いているような居心地の悪さを覚えていた。

　さっき振り返ったとき、一瞬だけだが、長屋の軒先に隠れるように立ち、こちらの様子を窺っている人物を見た。

　知っている顔だった。

　あれは――伊織だった。

　いや、見間違いだ。伊織であるはずがない。そもそも、伊織が自分たちをつけてくる理由がない。

　だが、否定しようとすればするほど、あれは伊織だったという思いが強くなる。

確かめようにも、もう一度振り返れば、浮雲の言うように気付かれてしまうかもしれない。

そもそも、なぜ気付かれてはいけないのか？　浮雲は、いったい何を考えているのか？

次々と疑問が浮かぶ中、浮雲がぴたりと足を止めた。

八十八が、女の幽霊を見た、あの柳の木の前だった。垂れ下がった枝が、夜風に吹かれて、不気味に揺れていた。

「やはり、ここだったようだな」

浮雲が満足げに笑う。

「何がです？」

八十八の問いに答えることなく、浮雲は柳の木の脇から土手を下って行った。

——何を考えているんだ？

疑問を抱えながらも、八十八は浮雲のあとに続き、土手を下りて行く。

「やっぱり、死体はそこに埋めてあったんだな」

浮雲が、金剛杖で地面を突きながら声を上げた。

その視線の先には、蹲《うずくま》るような人の姿があった。その人物は、浮雲の声に驚き、飛び跳ねるようにして立ち上がった。

見覚えのある顔だった。あれは――。

「貴様！　見たな！」

その人物は、叫びながら抜刀したかと思うと、そのまま早駆けに斬りかかって来た。

――斬られる。

そう思った刹那《せつな》、何かに突き飛ばされ、八十八は地面にうつ伏せに倒れた。

――いったい何が起こったのか？

顔を上げた八十八は、驚きで目を丸くする。

八十八に、いきなり斬りかかって来たのは、直弼だった。そして、八十八を守るように、伊織が直弼の前に立ちはだかっていた。

「い、伊織さん！」

八十八が声を上げると、直弼は一旦《いったん》距離を取った。

その隙に、八十八も立ち上がる。

「下がっていて下さい」

伊織が、八十八の盾になるように、ずいっと歩み出る。

「駄目です。勝ち目はありません」

八十八が言うと、伊織がきっと鋭い視線で睨んで来た。

「女だからですか？」

「違います。木刀では、太刀打《たちう》ちできませんよ」

「刀であれ、木刀であれ、勝負を決するのは、その者の腕です」

「しかし……」

八十八が言おうとした刹那、直弼が「やあ！」と真っ向から斬りかかって来た。

伊織は動じなかった。木刀で直弼の刀を横に払うのと同時に、直弼の懐に飛び込み、その首筋に木刀を突きつけた。

一瞬の早業だった。

「新谷様。刀を納めて下さい。これ以上は無意味です」

伊織が木刀を突きつけたまま言う。直弼は俯くように視線を落とした。

「凄《すご》い！　凄いです！」

八十八は、興奮のあまり伊織に近付く。

「近付かないで下さい」

伊織が、八十八を押し退ける。そこに、隙が生まれてしまった。

直弼は、にいっと笑ったかと思うと、伊織に体当たりをして突き飛ばし、刀を横一文字に振るった。

素早く飛び退き、両断されることは免れたものの、伊織は「うっ」と短い呻《うめ》き声を上げ、右腕を押さえて膝を落とした。

赤い血が、すうっと伊織の腕を流れ落ちて来る。それを見た瞬間、八十八はかっと火が点《つ》いたように熱くなった。

気付いたときには、伊織の前に立ち、直弼を睨み付けていた。

剣の腕では、明らかに伊織の方が勝《まさ》っていた。しかし、勝負を分けたのは、直弼の非情さと、何より八十八自身の不用意さだった。

それ故《ゆえ》に、余計に許せないし、退き下がるわけにはいかなかった。

「よくも、伊織さんを！」

八十八が言うと、直弼が嘲るように笑った。

「町人風情《ふぜい》に何ができる。しかも素手で」

「うるさい！」

直弼に果敢に飛びかかろうとしたが、できなかった。斬られたのではない。誰かに襟首を摑まれ、引き摺り倒されたのだ。

驚きつつ顔を上げると、そこに立っていたのは浮雲だった。

「お前らは、阿呆か。おれのことを忘れるんじゃねぇよ」

確かに、突然のなりゆきに、浮雲と一緒に来たことを忘れてしまっていた。それは、直弼も同じだったらしく、苦い表情を浮かべていた。

「貴様ら……」

直弼が、苦々しく言う。

「己の保身のためなら、てめぇの許嫁をも斬り捨てる――まったく、男の風上にもおけねぇ野郎だ」

浮雲の口調には、軽蔑の色が滲んでいた。

八十八も同感だった。どんな理由があるにせよ、許嫁に刀を振り上げるなど、言語道断だ。

「黙れ！」

「いいや、黙らないね。お露は、何でお前のような男に惚れたのかねぇ。実に下らん男だ」

「貴様！」

「吠《ほ》えるな！　お前にも見えないか？」

浮雲は、そう言って直弼のすぐ脇を指差した。そこには、いつの間にか女が立っていた。萩原家に毎晩現われる女の幽霊――お露だ。

妖艶な笑みを浮かべ、直弼に寄り添っていた。

「ひぃぃ！」

直弼は恐れ慄き、悲鳴を上げながら後退る。

それを追いかけるように、お露は恍惚《こうこつ》の表情で直弼に手を伸ばす。

「来るな！　来るな！　来るんじゃない！」

直弼はめちゃめちゃに刀を振り回す。

その切っ先は、どれも女の身体をすり抜けてしまう。

「何を怯えてやがる。死んでも尚、惚れた男に会いに来る。健気《けなげ》な女じゃねぇか」

浮雲の言葉を受け、直弼の表情が怒りに変わった。

「おのれ！　貴様だな！　貴様がこのような幻を見せているのだな！」

「現実から目を背けるんじゃねぇよ」

「黙れ！　叩《たた》き斬ってくれる！」

直弼が上段に構える。

しかし、それを見ても浮雲は微動だにせず、にんまりと余裕の笑みを浮かべてみせた。

「威勢がいいのは結構だが、お前はおれに触れることすらできねぇよ」

「何？」

「お前は、何にも分かっちゃいねぇ」

「黙れ！　黙れ！　黙れ！」

直弼が絶叫しながら、刀を握る手に力を込める。

それでも尚浮雲は動かない。この状況において、なぜこうも平然としていられるのか？　訝《いぶか》る八十八の目に、意外なものが飛び込んで来た。

直弼の脇に立つお露の幽霊に重なるように、一人の女が現われた。

それは、玉藻だった――。

「死ね！」

直弼が足を踏み出そうとしたまさにそのときだった――玉藻がすうっと手を伸ばして、直弼の腕を摑んだ。

突然のことに、直弼の顔が恐怖に歪む。

「なっ、何だお前は……」

「あなたは、知る必要はないわ」

玉藻はそう言うと、髪に挿した簪を抜き、それを直弼の首筋に突き立てると、ゆっくり身体の中に滑り込ませていく。

直弼の顔からみるみる血の気が失《う》せ、やがて糸の切れた操り人形のように、地面にぱたりと倒れた。

あまりのことに、八十八は呆然《ぼうぜん》と立ち尽くした。

それは、伊織も同じだったらしく、あんぐりと口を開けている。

「し、死んだのですか？」

八十八は、ようやく絞り出すように言った。

「いいえ。気を失っているだけよ」

答えたのは、玉藻だった。口許には、淫靡ともいえる笑みを浮かべていた。

どこに隠れていたのか知らないが、浮雲とやり取りをしている間に、直弼の背後に忍び寄ったのだろう。

最初から、浮雲と示し合わせていたのかもしれない。だから浮雲は、直弼に「触れることすらできねぇ」と言い切ったのだ。

「大丈夫ですか？」

ようやく我に返った八十八は、座り込んでいる伊織の顔を覗《のぞ》き込む。

伊織は「はい」と小さく頷いてから、ゆっくりと立ち上がった。

「傷を見せて下さい」

「これくらい平気です」

「いいから」

八十八は、伊織の袖をたくし上げ、その傷を調べる。

幸いにして、それほど深くはなく、血も止まっていた。ほっと胸を撫で下ろしつつも、持っていた手拭いを伊織の傷口に巻き付けて縛った。

「ありがとうございます――」

伊織は、八十八から視線を逸《そ》らし、蚊《か》の鳴くような声で言った。

落ち着いたところで、八十八の中に一気に疑問が溢《あふ》れ出した。

「いったいぜんたい、これはどういうことなんですか？」

浮雲に視線を向ける。

「簡単なことさ。萩原家に毎夜現われたお露の幽霊は、新太郎ではなく、直弼に会いに来ていたんだよ」

「え？」

「直弼は、色街に通っていた。そこで、娼妓であるお露と恋仲になった。まあ、直弼からしてみれば、遊びだったのさ。萩原家の娘に、求婚していたくらいだからな」

浮雲は、そこまで言って伊織に目を向けた。

伊織は少し驚いた表情をしていたが、何も口にはしなかった。

「でも、お露さんは、本気だったってことですか？」

八十八の問いに、浮雲は大きく頷いた。

「その気もねぇのに、身請けするつもりだとでもぬかしたんだろうよ。ただの戯言《ざれごと》と受け流せれば良かったんだが、お露はその言葉を信じた――」

「直弼さんには、それが煩わしくなったんですね」

「直弼に恋い焦がれたお露は、ついに店から逃げ出しちまったんだ。直弼と、駆け落ちでもするつもりだったんだろうよ」

「それは、御法度《ごはっと》ではないんですか？」

「そうさ。見つかれば、二人とも大変なことになる。それに、本当に惚れた女との縁談も無くなっちまう——」

そこまで言ったところで、浮雲は再び伊織に顔を向けた。

伊織は、沈痛な面持《おもも》ちではあったが、真っ直ぐに浮雲を見返していた。心根が強いのだろう。

ここまで聞けば、そのあと何が起こったのか、八十八にも何となく想像がついた。

「それで、直弼さんはお露さんを斬った——」

——何と恐ろしい。

自分で口にした言葉に、八十八は身震いした。

「そういうことだ。で、死体をそこに隠したってわけだ」

浮雲は、玉藻の立っている辺りを指差した。

改めて見ると、小さな穴ができていた。おそらく直弼は、死体を掘り起こそうとしていたのだろう。

——なぜ？

疑問が浮かんだが、すぐにその答えを見つけた。

萩原家でのやり取りで、幽霊に死体を見せれば、死んだことに気付いて成仏すると、浮雲は言っていた。

あれは、直弼を誘《おび》き出すための罠だった——というわけだ。

「お露さんは、新太郎さんではなく、自分を殺した直弼さんが憎くて、毎晩萩原家に足を運んでいたんですね」

八十八が言うと、浮雲は首を振った。

「違う」

「違うんですか？」

「お露は、殺されて尚、直弼に恋い焦がれていたのさ」

「そんな——」

八十八は、驚きで固まってしまった。

自分だったら、殺されて尚、愛し続けることができるだろうか——考えてみたが、想像もつかなかった。

「それが——恋慕の理だ」

浮雲が、金剛杖で地面を突いた。

直弼の件に関しては納得したが、八十八にはもう一つ分からないことがあった。

「伊織さんは、なぜここに？」

八十八が問いかけると、伊織はばつが悪そうに俯いた。

「おれのことを怪しいと思った——そうだろ」

伊織に代わって言ったのは、浮雲だった。

しばらく黙っていた伊織だったが、やがて小さく頷いた。

「なぜ、浮雲さんが怪しいことになるんです？」

伊織は、どうして新太郎を助けようとしていた浮雲に疑いの目を向けたのか？

「それは――」

覚悟を決めたのか、顔を上げた伊織が続ける。

「見えているのに、盲目のふりをしていたからです」

そうか。気付いていたのか。盲目のふりをした憑きもの落とし――確かに怪しいことこの上ない。

伊織の鋭い視線を受けた浮雲は、いかにも楽しそうに笑った。

「おれの眼は、わけありでね」

そう言いながら、浮雲は両眼を覆っていた赤い布を下へずらした。

月影に照らされ、緋色《ひいろ》の双眸が晒される。

伊織が、驚いたように目を丸くする。だが、それはすぐに恍惚とした笑みに変わった。

「綺麗……」

伊織が言った。

八十八は、思わず笑ってしまった。伊織が自分と同じ感想を抱いたことが、たまらなく嬉しかった。

やはり、浮雲の赤い眼は綺麗なのだ。

「まったく……八の周りは、阿呆ばかりだ」

苦々しく言った浮雲は、再び赤い布で両眼を覆い隠してしまった。一瞬ではあるが、浮雲の口許に笑みが浮かんだ気がした。

「話は、終わったかしら——」

声をかけて来たのは、玉藻だった。

月の薄明かりの中、佇《たたず》む姿は、この世のものとは思えないほどの美しさだった。

「ああ」

浮雲が応じる。

「では、この男は私が預かります」

「好きにしろ」

浮雲はそう答えると踵を返し、歩き始めた。

「え？　直弼さんは、どうなるんですか？」

八十八は、慌てて浮雲に追いすがった。

「玉藻が落とし前をつけさせる。色街には、色街のしきたりがあるのさ」

「落とし前って、何をするつもりですか？」

「そこまでは知る必要はない」

「しかし……」

伊織も、納得がいかない様子で食い下がる。

「萩原家の客分が、娼妓を斬った――そんな噂が広まれば、それこそ新太郎の縁組みに影を落とす。それだけではなく、萩原家自体も色々とまずいことになる」

浮雲は、そう言って伊織に目を向けた。

伊織はどう判断していいのか分からないらしく、ただ息を呑んだ。

「直弼は、行方知れずになり、二度と萩原家に姿を現わさない。それだけのことだ――」

浮雲はそう言うと、足早に歩き去って行く。

しかし、このままでは釈然としない。伊織も同じだったらしく、その場を動こうとはしなかった。

「やはり――」

口にしながら振り返った八十八は、驚きで口をあんぐり開けた。

玉藻の姿も、直弼の姿もそこにはなかった。まるで、闇に呑まれてしまったかのように、きれいさっぱり消えてしまっていた――。

代わりに、物憂げな表情で柳の木を見上げるお露の姿があった――。

最初に見たときは、恐ろしいと感じたが、今はもっと別の思いを持っていた。

相手がどんな男であったにせよ、お露の心にあったのは、憎しみや怒りではなく、ただ一途《いちず》な恋慕の情だったのだ。

それ故に、お露は、息を呑むほどに美しかった。

やがてお露の姿も、暗い闇に呑み込まれるように消えて行った——。

その後

八十八は、浮雲が根城にしている神社の社を訪れた。

「こんにちは——」

社の前で声を上げると、「入れ」と、中から浮雲の声がした。

扉を開けて中に入った八十八だったが、驚きで思わず固まってしまった。

白い着物をだらしなく着流して、酒を呑む浮雲の姿はいつもと変わらないのだが、彼の前に、思いも寄らぬ人の姿があった。

伊織だった——。

ぴんと背筋を伸ばし、浮雲の前に正座している。

「伊織さん」

「八十八殿でしたか」

伊織が、会釈を返して来る。

「何で、伊織さんがここに？」

「お陰様で、兄上が目を覚ましました。そのお礼を——と思いまして」

「そうでしたか。良かった」

八十八は、心底ほっとしながらその場に腰を下ろした。

「このあと、八十八殿のところにも、お礼をと考えていました」

「いえ、私などは、何もしていませんから……」

何だか、妙に照れ臭く感じ、頭をかいたところで視線を感じた。浮雲だった。細められた赤い双眸が、邪推を物語っていた。

「何です？」

八十八が、半ばふて腐れながら言うと、浮雲は小さくため息を吐いた。

「で、八は何の用だ？」

「あっ、そうだった——」

思いがけず、伊織に会ったことで、大事なことを忘れるところだった。八十八は、持って来た絵を床の上に広げた。

柳の木の下で、物憂げな顔をして佇むお露の姿を描いたものだ。

「何と——美しい——」

感嘆の声を上げたのは伊織だった。

その一言だけで、八十八は心が躍った。だが、一方の浮雲は尖った顎に手を当て、難しい顔をしている。

「悪くはねぇが、まだまだだな」

別に腹は立たなかった。八十八自身、まだ満足はしていないからだ。

「精進します」

「この絵は貰《もら》うぞ」

浮雲が言う。

「構いませんが、どうするのですか?」

「玉藻に渡す」

あのとき見た、この世のものとは思えない美しさの玉藻の姿が浮かんだ。

なぜ玉藻に絵を渡すのか――疑問には思ったが、それは訊いてはいけない気がした。

「では、私はこれで」

話が一区切りついたところで、伊織が立ち上がり社を出て行った。

「いいのか?」

伊織が出て行くなり、浮雲が不機嫌そうに言った。

「何がです?」

「追いかけなくて、いいのか？」

「別に、私は……」

「まったく。何も学んじゃいねぇな。生まれや育ちがどうあれ、男は女に惚れるものだ」

「ですから……」

「ごちゃごちゃ言ってねぇで、さっさと行け」

浮雲は、ぞんざいな口調で言いながら八十八を蹴った。

八十八は、訳が分からないまま、社を追い出されるかっこうになった。外に出ると、鳥居のところを歩いている伊織の背中を見つけた。

「伊織さん」

八十八は、迷いながらも声をかけた。

伊織が、ゆっくりと振り返る。

微かに笑みを浮かべた彼女の表情は、まぎれもなく美しかった。

「あの——今度、伊織さんの絵を描かせてもらえませんか？」

八十八は、胸に込み上げる衝動とともに口にした——。

呪詛の理

UKIKUMO
SHINREI-KITAN
SEKIGAN NO KOTOWARI

序

その掛け軸には、絵が描かれていた──。

何とも不気味で異様な絵だ。

古びた井戸の脇に、一人の男が立っている。ぼろぼろの袴《はかま》姿で、髷《まげ》が解《ほど》けて、乱れた髪が顔にかかっている。

まるで死人のような青白い顔をしたその男の右手には、血に塗《まみ》れた刀が握られている。

この絵が異様なのは、それだけではない。

男は、左手に人間の髪を摑《つか》んでいる。その先には、人間の生首がぶら下がっていた。

それも一つではない。四つだ。

凄惨《せいさん》で恐ろしい絵であることは間違いないのだが、なぜかこの絵には、見る者の心を惹《ひ》きつける美しさがあった。

この絵が、何の目的で描かれたものなのかは誰も知らない。

だが、この絵には、ある噂《うわさ》があった。武士の呪詛《じゅそ》が込められている——という噂だ。

そして、この絵を飾った家には、必ず凶事が訪れる——。

一

じっとりと、湿気が籠もった夜だった——。

萩原新太郎《はぎわらしんたろう》は、布団に横になったものの、なかなか寝付けずにいた。

身体《からだ》にまとわりつく汗のせいもあるが、これまで少し寝過ぎたせいもあるのかもしれない。

といっても、呆《ほう》けていたわけではない。新太郎自身、よく覚えていないのだが、何でも幽霊にとり憑《つ》かれ、何日もの間眠り続けていたらしい。

などと思いをめぐらせる新太郎の耳に、微《かす》かに音が届いた。

最初は、犬の遠吠《とおぼ》えか何かかと思った。だが、どうも違う。これは人の声らしい。

しかも——自分を呼んでいるような気がする。

新太郎は、ゆっくりと身体を起こし、目を擦《こす》って辺りを見回してみたが、暗い部屋の中に人の姿はない。

よくよく考えてみれば、こんな夜更けに、自分を呼びに来る者などいるはずがない。きっと夢と現《うつつ》を混同したのだろう。

妹の伊織《いおり》に話したら、「兄上は神経が細い」と笑われるに違いない。

自嘲気味に笑ったあと、再び横になろうとしたのだが、その声はまた聞こえた――。

相変わらず、何と言っているのかは分からないが、聞き間違いなどではない。確かに耳に届いてくる。

どうやら、襖《ふすま》の向こう。庭から聞こえてくるらしい。

「どなたですか？」

新太郎は床《とこ》を抜け出し、襖を開け放った。

すると――月の薄明かりの下、一人の男が立っているのが見えた。

庭の隅にある、今は使われていない井戸の脇だ。

襤褸《ぼろ》のような布をまとっているが、よく見ると、それは袴だった。腰には刀を帯びている。

――どうやら武士らしい。

背中を向けているので、顔は見えないが、新太郎には、その男が泣いているように見えた。

こんな夜更けに、何故《なにゆえ》に他人の屋敷に入り込んでいるのか――といった、当然のように抱くべき疑問を、どういうわけかこのときの新太郎は感じなかった。

「どうかされましたか？」

新太郎が声をかけると、男はゆるりと振り返った。

薄暗い上に、離れていたこともあって、その顔をはっきりと見ることはできなかった。どこかで見たことがあるような気もするが、どうにも思い出せない。

男は、新太郎に顔を向けたまま、何ごとかを口にした。

最初は呻《うめ》き声のようで、何を言っているのか分からなかった。だが、よく耳を澄ませると、男は同じ言葉を呟《つぶや》いていることが分かった。

——苦しい……助けてくれ……。

「具合でも悪いのですか？」

新太郎が問うと、男は身を乗り出すようにして井戸を覗《のぞ》き込んだ。

次の刹那《せつな》、男の姿が忽然《こつぜん》と消えた。

「はっ！」

——井戸に落ちたのか？

新太郎は、大慌てで駆け寄り、井戸の蓋を開け、目を凝らして覗き込んで見たが、いくら捜しても男の姿は見つからなかった——。

そもそも、井戸の中に落ちるはずがない。井戸の蓋を開けたのは、新太郎自身だったからだ。

――では、さっきの男はどこに消えたのか？

「見間違いか……」

新太郎は、自らに言い聞かせるように呟いたものの、どうにも納得できないでいた。

確かに、さっきまでそこに男がいた。声まで聞いたのだから間違いない。

――ぎゃぁあ！

物思いに耽《ふけ》る新太郎の耳に、断末魔のような女の悲鳴が聞こえた。

どうやら、隣にある青山《あおやま》家の屋敷からしかった。とても空耳とは思えない。

――もしや、さっきの！

新太郎は一目散に、駆け出していた。

二

八十八《やそはち》が、萩原家の屋敷を訪れたのは、昼過ぎのことだった――。

女中に案内され、庭の見える客間に通された。

畳に座した八十八は、抱えて来た画材一式を脇に置き、大きく深呼吸をした。浮き足だっていて、どうにも落ち着かない。

今日、萩原家を訪れたのは、絵を描くためだ。

――伊織さんの絵を描かせてもらえませんか？

八十八が、萩原家の娘である伊織にそう頼んだのは、五日ほど前のことだった。

伊織は、戸惑いをみせながらも、「私でよろしければ」と、承諾してくれた。そして、今日に至るというわけだ。

八十八が、伊織を描きたいと欲したのは、絵の題材として、可憐《かれん》で凛《りん》とした美しさのある伊織に魅力を感じたのか、あるいは、もっと別の何かなのか――。

惚《ほ》れた腫れたは分からないが、単純にもう一度伊織に会いたいという願望のようなものがあったのも事実だ。

八十八が考えている間に、すっと襖が開いた。

慌てて背筋を伸ばし、顔を上げた八十八だったが、部屋に入って来たのは伊織ではなかった。

伊織の兄である新太郎だ。

「え？　あっ、その……」

思わぬ人物の出現に、八十八はおろおろしてしまう。

「そんなに硬くならないで下さい」

新太郎は、何とも人懐《ひとなつ》こい笑みを浮かべると、八十八の前に座った。

表情は柔らかいが、さすが武家の男だけあって、その座した姿からは、品位が感じられ、様になっている。

「いや、しかし……その……」

「こうやって顔を合わせるのは、初めてですよね」

八十八が、以前に萩原家にやって来たとき、新太郎は眠ったまま目覚めないという怪異に見舞われていた。

そんな訳で、新太郎の言う通り、眠っているところは見ているが、こうやって顔を合わせるのは初めてのことだった。

「あ、はい」

「妹から聞きました。その節は、大変お世話になりました」

新太郎は、深々と頭を下げる。

「そんな……どうか、頭を上げて下さい」

武家の嫡男《ちやくなん》である新太郎が、町人風情《ふぜい》に頭を下げるというありえない状況に、八十八は大いに慌てた。

こんなところを、誰かに見られたら一大事だ。

「本当に困ります……どうか、どうか、頭を上げて下さいまし」

しかし、八十八の慌てぶりに反して、新太郎は悠然としている。頭は上げてくれたもものの、その顔には穏やかな笑みが浮かんだままだ。

「しかし、世話になったのは事実です。礼を言うのは当然のことです」

「いえ、私などは、何もしていません……」

謙遜でも何でもない。

事実、新太郎の身の上に起きた怪異を解決したのは憑きもの落としの浮雲《うきくも》だ。

八十八などは、全てが解決してから、ようやく何が起きていたのかを知るような体《てい》たらくだった。

「身を挺《てい》して、妹を守って下さったとも聞いています」

新太郎が、嬉《うれ》しそうに目を細めた。

それも語弊がある。助けられたのは、むしろ八十八の方だし、伊織が窮地に陥ったのは、八十八の不用意さが原因だ。

説明しようとしたものの、「いや、あの……」と、ろくに言葉を発することができなかった。

「妹は、あの通り堅苦しい性質《たち》なので、同年代の友人がいないんです。これからも、仲良くしてやって下さい」

「それは、どういう意味ですか？」

伊織が唐突に部屋に入って来て、話を遮った。

相も変わらず木刀を振っていたのか、いつもの袴姿ではあるが、その可憐な美しさは少しも失われていない。

「どうもこうもない。お前は、堅物だという話だ」

「兄上には、もう少し武家としての気概を持って頂きたいです」

伊織は、新太郎の軽口に憮然《ぶぜん》として返す。

「それを言うなら、伊織も、少しは女としてのしおらしさを持ってはどうだ？」

「それとこれとは話が別です」

不機嫌な表情で座る伊織とは対照的に、新太郎はからからと声を上げて笑った。

何だかんだ言いながら、仲のいい兄妹だ。

「兄上、例の件は、もうお話しされましたか？」

場が落ち着いたところで、伊織が切り出した。それを受け、朗らかだった新太郎の表情に陰りが差した。

緊迫した空気が漂い、八十八の胸がざわざわと揺れる。

「例の件――とは？」

八十八は、わずかに身を乗り出しながら訊《たず》ねた。

「実は、昨晩、幽霊を見ましてね」

新太郎の口調は、さっきまでとは異なっていた。

「はい。ちょうど、あの井戸のところです」

新太郎は、庭の隅にある、古い井戸を指差してから語り出した。

それは、昨晩、新太郎が見たという武士の幽霊にまつわる話だった。

新太郎の語り口は淀《よど》みなく、仔細《しさい》にわたっていたので、聞いているだけで情景が頭に浮かび、身震いがするほどだった。

「それは、恐ろしいですね――」

幽霊が忽然と姿を消したという件《くだり》で、八十八は思わず口にする。

「それだけなら、私も見間違いだとさほど気にかけもしなかったのですが、話には続きがありましてね――」

新太郎が、真《ま》っ直《す》ぐに八十八を見る。

ぞっとするような、恐《こわ》い目だった。

「続き――ですか?」

八十八は、喉を鳴らして息を吞《の》んだ。

「はい。男が消えてしばらくすると、悲鳴が聞こえたんです」

「悲鳴……」

「ええ。女の悲鳴です。まるで、断末魔のようでした。私には、すぐにその悲鳴の出所が分かりました」

「井戸の中ですか？」

「いいえ。隣の青山家の屋敷からです」

「隣の？」

「ええ。私は、急いで青山家に駆けつけました。青山家は、それはもう騒然となっていました。家臣の一人に事情を問い質《ただ》すと、女中の一人が斬られたというのです。しかも――」

と、ここで新太郎は間《ま》を置いて八十八を見た。

そこに穏やかな新太郎の面影はなかった。

「何です？」

いつまでも、先を話さない新太郎に痺《しび》れを切らして八十八が問う。

新太郎は、小さく笑みを浮かべてから口を開く。

「掛け軸の絵の中から、武士の幽霊が出て来て、女中を斬ったらしい――そう言うのです」

「そんな莫迦《ばか》な！」

八十八は、咄嗟《とっさ》に口にした。

とても信じられなかった。もしかしたら、新太郎に担がれているのではないかと思ったが、新太郎の表情はいたって真剣だった。

伊織も、身じろぎ一つせずに話に耳を傾けている。

「私は、お願いして屋敷に入り、問題の掛け軸がある部屋に案内してもらいました」

「本当に行ったのですか？」

「ええ。そこはもう――」

新太郎は一度言葉を切ると、すっと目を細めた。

何だか、落ち着かない視線だ。

「血の海でした――」

長い沈黙のあと、新太郎が言った。

「血？」

「はい。女中が部屋に倒れていましてね。首の辺りを斬られ、そこら中に血が飛び散っていたわけです」

「なんと！」

その凄惨な現場を想像してしまった八十八は、肌が粟立《あわだ》つほどの戦慄を覚えた。

「そして、その部屋に、確かに掛け軸はありました」

「あったのですか？」

「ええ。一人の武士が描かれているのですが――何と表現したらいいのか、とにかく恐ろしい絵でした」

武士が鬼の首を斬り落とす——百鬼夜行《ひやっきやこう》などの、妖怪絵の類《たぐい》だろうか。ただ、そうなると、掛け軸というのが、どうも腑《ふ》に落ちない。

「何より、私を驚かせたのは——」

新太郎は、一度言葉を止め、何かを思い返すように静かに目を閉じた。

「その絵に描かれていた武士と、私が古井戸の横で見た武士が、瓜二《うりふた》つだったのです——」

ある程度、予想はしていたものの、八十八は新太郎の言葉に目眩《めまい》を覚えた。

三

「阿呆《あほう》が！」

八十八の話を聞き終えるなり、壁に寄りかかるように座っていた男——浮雲が吐き捨てるように言った。

神社の傾きかけた社《やしろ》の中だ。

浮雲は、憑きもの落としを生業《なりわい》とし、うち捨てられた神社に勝手に棲《す》み着いている何とも風変わりな男だ。

常に酒ばかり呑んでいるし、手癖も女癖も悪いが、憑きもの落としの腕だけは確かだ。

白い着物を着流し、肌の色は着物に負けないくらい白く、薄く引き結ばれた赤い唇が、やけに妖艶に見える。

眠たげに細められた瞼《まぶた》の奥の瞳は、緋色《ひいろ》に染まっている。

その瞳はただ赤いだけではない。

本人曰《いわ》く、死者の魂——つまり幽霊が見えるらしい。

「何が阿呆なのですか？」

八十八は、ふて腐れながら反論する。

「阿呆だから、阿呆と言ったまでだ」

浮雲は苦い顔で言いながら、盃《さかずき》の酒を一息に呷《あお》った。

「ですから、なぜそうなるのか訊《き》いているんです」

「絵から飛び出した武士が、女中を斬ったと言ったな」

浮雲の細められた眼《め》の奥で、赤い瞳が鋭い光を放ったように見えた。

「はい」

「そんな与太話《よたばなし》を、疑いもせずに信じるのは、阿呆以外の何者でもなかろう」

「しかし、新太郎さんがそう言っているわけですし……」

「だから阿呆だと言うんだ」

浮雲が、蝿《はえ》でも追い払うように手を払う。

あんまり阿呆、阿呆と連呼されると、さすがに腹が立つ。

「どういう意味です？」

「人の口から出るのが、常に真実とは限らん」

浮雲の言わんとしていることは分かる。事実、嘘吐《うそつ》きや法螺《ほら》吹《ふ》きは、掃いて捨てるほどいる。だが――。

「新太郎さんは、嘘を吐く人ではありません」

「そんなもの、誰にも分からんさ。己《おのれ》自身にも――な」

そう言って浮雲は、小さくため息を吐いた。

端《はな》から誰も信じない――そんな眼をしている。なぜ、そんな風に考えるのか、問い質してみようかとも思ったが、浮雲の放つ暗い空気が、それを拒んでいるようだった。

「だいたいお前、絵はどうしたんだ？」

しばらくの沈黙のあと、浮雲が訊ねてきた。

「はい？」

「鈍い男だな。お前は、伊織って小娘の絵を描きに行ったんじゃねぇのか？」

「その通りです」

「描いたのか？」

まった。

「いいえ。それが……」

　新太郎の幽霊話のせいで、伊織の絵を描くという本来の目的が、うやむやになってしまった。

「まったく。絵を描かずに、怪談話を拾って来るとは、やはり阿呆だな」

　浮雲はぼやくように言いながら、瓢《ひさご》の酒を盃に注ぐ。

　目的とは違ってしまったものの、聞いてしまった以上は、このままにはできない。

「そう言わずに、ここは一つ力を貸して下さい」

「嫌だね！」

　浮雲は、盃の酒を呑み干すと、そのままごろんと横になってしまった。

　このままヘソを曲げられては大いに困る。不安を抱いている伊織と新太郎を見て、いても立ってもいられず、浮雲を連れて来ると約束してしまったのだ。

「謝礼は相応に出るはずです」

「悪いが、おれの出番じゃねぇよ」

「新太郎さんの話を、疑っているのですか？」

「ああ。疑ってるね」

「しかし……」

「仮に、その話が真実であったとするなら、余計におれの出番じゃねぇ」

浮雲はいかにも退屈そうに大きなあくびをする。

「なぜです？」

嘘であったならまだしも、真実であればこそ、憑きもの落としである浮雲の出番というものだ。

「分からねぇ野郎だな。おれの専門は、幽霊なんだよ」

浮雲は、苛立《いらだ》たしげに髪をわしゃわしゃかき回しながら身体を起こした。

「はい」

そんなことは、改めて言われるまでもなく承知している。

「幽霊ってのは、人が死んだあとの魂のことだ。つまり、想《おも》いの塊みたいなものだ」

「そうでしたね」

幽霊に対する浮雲の考え方も、以前に講釈されているので分かっているつもりだ。

「今回の一件、もし、絵に描かれた武士が出て来て女中を斬り捨てたのだとしたら、それは幽霊じゃねぇ」

「違うのですか？」

「違うね。想いで人は斬れない」

「だったら、何なのですか？」

「もし、その話が真実なら、やったのは物《もの》の怪《け》の類さ――」

浮雲は、そう言いながら尖《とが》った顎先を摘《つま》むように指を当てた。

「幽霊と物の怪は違うのですか？」

「全然違う。だから、おれの専門外だと言ってるんだよ」

浮雲は、そこまで言うと再びごろんと横になり、目を閉じてしまった。

何となくではあるが、浮雲の言わんとしていることも分かった。しかし、このまま退《ひ》き下がるわけにはいかない。

「では、せめて幽霊か物の怪かを確かめに行きませんか？」

「行かねぇよ」

けんもほろろとは、このことだ。

しかし、八十八には奥の手があった。浮雲は、こんな風に面倒臭がりではあるが、滅法欲深い。

「今回の一件、憑きものが落とせても、落とせなくても、見るだけで謝礼が出るのですが、それでも行きませんか？」

八十八の言葉に、浮雲の閉じられた瞼がぴくっと動いた。しかし、それだけだった。

「そんな都合のいい話が、あるわけねぇだろ。だいたい、八《はち》はいつも口先だけだ」

「そういう言われ方をするのは、心外です」

「お小夜《さよ》に会わせるという約束はどうした？」

「あっ……」

そこを突かれると痛い。

新太郎の身の上に起きた怪異を解決する条件として、八十八は姉であるお小夜を、浮雲に会わせると約束した。

しかし、のらりくらりとかわしながら、今もその約束は果たしていない。

「今回は、大丈夫です。前金を出すのは、新太郎さんです。解決したあかつきには、青山家から謝礼が出ることになっていますから」

八十八は、取り繕うように言った。

「おれが、金に釣られるとでも思ってんのか?」

——思ってます。

危うく言いそうになった。だが、そんなことを言って機嫌を損ねられたら水の泡だ。

「見るだけでいいんです——」

「お前が、今度こそ約束を果たすなら、考えてやってもいいぞ」

浮雲がにいっと白い歯を見せて笑った。

四

夕闇が迫り、空が朱《あか》く染まる中、八十八は歩いていた――。

もちろん浮雲も一緒だ。

何だかんだで浮雲の説得に時間がかかってしまった。お小夜を餌に何とか連れ出したものの、本気で引き合わせるつもりはない。

色を好む浮雲のことだ。どういう心づもりでお小夜に会うかは、推して知るべしだ。

「まったく、面倒臭ぇな」

金剛杖《こんごうづえ》を片手に歩いている浮雲が、いかにも気怠《けだる》そうにぼやいた。

両眼を覆うように、赤い布を巻いて、盲人のふりをしている。自らの赤い瞳を隠すためだ。

八十八などは、綺麗《きれい》だと思うのだが、世の中の人はそうではないというのが、浮雲の言い分だ。

ただ、そうやって隠している割には、赤い布に墨で眼を描いている。そっちの方が、余計に目立つ上に、異様に見える気がする。

「そう言わずに。取り敢《あ》えずは見て下さい。相手は武家ですし、謝礼もそれなりなのですから」

「問題は、そこなんだよ」

浮雲が舌打ち混じりに言った。

「どういうことです？」

守銭奴《しゅせんど》の浮雲からしてみれば、払いが多い方が嬉しいはずだ。

「おれは、武家が嫌いなんだよ」

そういえば、新太郎の怪異のときも、似たようなことを言っていた。何か特別な理由があるのかもしれない。

「なぜ、それほどまでに武家が嫌いなんですか？」

「嫌なものは、嫌なんだよ」

「子どもみたいですね」

「うるせぇ！　それより、お待ちかねだぜ」

浮雲が足を止め、金剛杖で前方を指し示した。萩原家の屋敷の門の前に立っている伊織の姿が見えた。

どうやら、待っていてくれたらしい。

「すみません。遅くなりました」

八十八が駆け寄ると、伊織は「いえ」と笑顔を返したあと、浮雲に目を向けた。

「浮雲さん。ご足労頂き、ありがとうございます」

「本当に、謝礼は出るんだろうな」

丁寧に頭を下げる伊織に対して、浮雲はぞんざいな態度だ。

だが、伊織は嫌な顔一つせずに「はい」と頷《うなず》く。

「まずは、幽霊を見たって井戸に案内しろ」

浮雲が金剛杖を肩に担ぎながら言った。

「絵を見るのではないのですか？」

八十八が訊ねると、浮雲は露骨に嫌な顔をした。

「阿呆。物事には、順序ってものがあるんだよ」

「だったら、最初からそう言って下さい。てっきり、私は絵を見るものだとばかり思ってました」

「ごちゃごちゃとうるせぇな」

「うるさくありません。だいたい、浮雲さんは、いつも説明が足りないのです」

八十八が浮雲と言い合っているのを見て、伊織がくすくすと笑った。

「何がおかしいのですか？」

八十八が訊ねる。

「お二人のやり取りが、おかしくてつい――」

「別におかしくはありません。私は、腹を立てているのです」

「私には、そうは見えませんでした」

伊織がさらりと言う。そう返されると、何だかばつが悪くなり、それ以上反論できなかった。

浮雲は、どうでもいいという風に、大きなあくびをしている。

「すみません。実は、兄上が急ぎの用件で、父上と出かけてしまいまして……」

一段落したところで、伊織が改まった口調で言った。

「構わん。その方が都合がいい」

浮雲が、肩をすくめるようにして答える。

伊織は浮雲の赤い眼のことを知っているが、新太郎はそうではない。

浮雲の言う通り、説明することなどを考えれば、むしろ新太郎がいない方が都合がいいかもしれない。

「では、こちらにどうぞ――」

伊織に招かれて萩原家の屋敷の門を潜《くぐ》り、幽霊が出たという庭の隅にある古井戸の前に案内された。

井戸を囲む石には、びっしりと苔《こけ》が生えていて、蓋として置いてある板は、朽ちかけていた。

昼間も見ているのだが、夕闇の下で目にすると、また印象が異なる。

浮雲が、両眼を覆うように巻いた布を、するすると外した。

夕陽《ゆうひ》の色に負けないくらい鮮やかな緋色の瞳が晒《さら》される。八十八は、その美しさに見《み》惚《と》れながらも、敢えて口にはしなかった。

「で、お前の兄さんは、どの辺りで幽霊を見たんだ？」

浮雲は、井戸をぐるりと一回りしてから訊ねた。

「その辺りだと聞いています」

伊織は、井戸のすぐ右脇の辺りを指差す。

浮雲は「うん」と一つ頷いてから、示された場所に立つと、改めて辺りを見回した。

「何か言っていたのか？」

「苦しい……助けてくれ……と繰り返していたそうです」

「そのあと、井戸の中に消えたんだな」

「はい。兄は、そう見えたと言っていました」

浮雲は、伊織の返事を聞きながら、井戸の蓋を開け、身を乗り出すようにして、底を覗き込んだ。

八十八も、浮雲の邪魔にならないように、井戸を覗き込んでみる。

真っ暗で八十八には何も見えなかった。

だが——浮雲は違う。

浮雲の赤い眼は、死者の魂——つまり幽霊が見える。

「何か見えましたか？」

八十八が訊ねると、浮雲は井戸から顔を上げた。

「暗くて何も見えねぇよ」

期待していた分、浮雲の素っ気ない返事に、八十八は大いに落胆した。浮雲はそんな八十八の心情など、意に介さず井戸の中に小石を放った。

少しの間を置いて、ぽちゃんっと水の音がした。

浮雲は、「ふむ」と唸《うな》ると井戸から顔を上げ、伊織に目を向けた。

「この井戸は、いつから使っていない？」

「そうですね……一年くらい前だと思います」

「まだ水はあるようだが——」

「私も、詳しくは分からないのですが、腐臭がしたり、濁りがあったらしく、使われなくなりました」

伊織の説明に、浮雲は「そうか……」と短く答えると、尖った顎に手をやり、何かを考え始めた。

「気になることでも？」

八十八が訊ねると、浮雲は苦笑いを浮かべた。

「ここであれこれ考えても仕方ねぇ。次は、問題の絵を見に行くぞ――」

――いよいよか。

八十八は、妙な胸の高鳴りを覚えていた。

五

八十八は、伊織に案内され、浮雲と青山家の門を潜った――。

武家の家格の上下はよく分からないが、伊織の屋敷よりはるかに大きく、相応の立場にあるように思われた。

中に入ったところで、お菊《きく》という女中が出迎えてくれた。

「お前さんは、幽霊を見たのか?」

案内される道すがら、浮雲はお菊に訊ねた。

唐突な質問に、お菊はびくっと肩を震わせ足を止めたあと、ゆっくりと振り返った。

丸顔で可愛《かわい》らしい顔立ちをしたお菊だが、病的なほど顔色が青ざめていた。

「見ました……」

掠《かす》れた声で、お菊が言う。

「ほう。どこで？」

「掛け軸のある部屋です。あの夜、物音がするので部屋を覗いたんです。そしたら……」

そこまで言って、お菊は口を押さえた。

怯《おび》えているらしく、かわいそうなくらい震えている。

「それは、確かに絵の中から出て来たんですか？」

八十八が訊ねると、お菊は考えるように視線を漂わせたあと、「私には、そのように見えました……」と答えた。

絵から幽霊が出て来る――浮雲は与太話だと断じたが、実際に見た者がいるのだから、疑いようのない事実のように思える。

その後、お菊に案内されて、奥の客間に入った。

「かなり、大きなお屋敷ですね」

お菊が退《さ》がったところで、八十八は部屋を見回しながら口にした。

「青山といえば、古くから徳川に仕えた名門だ。今の幕府でも、要職に就いているはずだ。まあ、ここは分家のようだがな……」

答えたのは、伊織ではなく浮雲だった。

金剛杖を脇に抱え、いかにも不機嫌そうに座っている。

武家が嫌いだと言っていた割には、色々と事情に詳しい。八十八が、そのことを口にすると、「嫌いなことと、知っていることは別だ」と一蹴された。

そうこうしているうちに、襖がすっと開き、一人の男が部屋に入って来た。

年の頃は新太郎と同じくらいだろうか。よく日焼けした浅黒い肌に、凜々《りり》しい顔立ちをした男だった。

「伊織さん。すっかりお待たせしてしまいました」

男は、人懐こい笑みを浮かべる。

「いえ。とんでもないことです。こちらは、青山家のご嫡男の青山宗佑《そうすけ》様です」

宗佑を紹介する伊織の言葉は、どこか弾んでいるようだった。

自分たち町人に向けられる言葉とは、違っているような気がして、伊織を遠くに感じた。

「こちらは、浮雲殿と八十八殿です」

次いで、伊織が八十八と浮雲を紹介した。

「何でも腕利きの憑きもの落としだとか――ぜひ、よろしくお願いします」

紹介を受けた宗佑は、丁寧な口調で言った。

爽やかで好感のもてる男に見えるのに、八十八の胸には燻《くすぶ》るものがあった。それが、どういった感情から来るものなのか、八十八自身、分からなかった。

「最初に言っておくが、おれはまだ引き受けるとは言っていない」

浮雲が、きっぱりと言う。

「どういう意味です？」

宗佑が怪訝《けげん》な顔をする。

「おれの専門は幽霊だ。物の怪の類、あるいは人の仕業であったなら、手を引かせてもらう」

「なかなか率直な方ですね。気に入りました」

宗佑が、からからと声を上げて笑った。

一方の浮雲の表情は険しい。

「おれは、武家が嫌いだ。どいつも、こいつも、人を見下してやがる」

「益々《ますます》気に入りました。私も、今の武家の制度には疑問を感じています。もっと、公平でなければならない」

「下らん議論をする気はない」

「そうでしたね。では、早速、見て頂きましょう――」

宗佑が案内するかたちで、問題の掛け軸がある部屋に向かうことになった。

「で、掛け軸から人が出て来るって話だったが、それはいつ頃からだ？」

廊下を歩きながら、疑問を口にしたのは浮雲だった。

「詳しくは、私にもよく分からないのです」

宗佑は、苦笑いを浮かべながら答える。

「正確な日付を訊いてるわけじゃない。だいたいでいいんだよ」

「そうですね……つい最近だったような気もしますし、ずいぶん前から、そういう噂があったような気もします」

宗佑は、さっきまでの快活さとはうって変わって、歯切れが悪い。

「ならば質問を変えよう。その掛け軸は、いつから家にあるんだ?」

「申し訳ありません。それも、はっきりとは分からないんです。気付いたら、もうあったという感じでして……」

などと曖昧なやり取りをしているうちに、問題の部屋に着いたらしく、「こちらです」と宗佑が足を止めた。

この向こうに、呪われた絵があると思うと、手に汗が滲《にじ》んだ。

伊織も、宗佑も緊張しているらしく、口を真っ直ぐに引き結んでいる。

唯一、浮雲だけがいつもと変わらぬ無表情だ。

「では――」

宗佑は、そう言ってから襖を開けた。

六畳ほどの広さの部屋だった。むわっと立ち上る臭気に、八十八は、思わず顔をしかめた。

畳には、惨状を物語るように、赤黒い血の痕が生々しく残っている。

八十八は、込み上げる吐き気を抑えるのがやっとだった。伊織も、気分が悪くなったらしく、視線を背けた。

浮雲は、無言のまま、じっと部屋を見回している。

「どうでしょう？」

宗佑が、浮雲の顔を覗き込むようにして訊ねた。

「少し、外してくれ」

浮雲が、ぶっきらぼうに答える。

「霊を視《み》るために、集中が必要なんです」

八十八は、困惑する宗佑に言った。

浮雲は、現場を観察するために、赤い布を外したいのだろう。だが、宗佑がいたら、それができない。

「ここは、お二人にお任せしましょう」

浮雲の赤い眼のことを知っている伊織が、宗佑を促す。

宗佑は、納得のいかない風だったが、結局、伊織に促されるかたちで部屋の前から立ち去った。

「どうです？」

二人になったところで、八十八は訊ねてみた。

「ここからじゃ、何も見えん」

辺りが暗くなり始めたこともあり、部屋の奥にある掛け軸を見ることはできなかった。

浮雲は、すいっと部屋の中に足を踏み入れる。

八十八も、躊躇《ためら》いながら、その背中を追いかけた。

浮雲は、真っ直ぐ歩みを進め、掛け軸の前に立ち止まると、赤い布を外した。

緋色の瞳が、掛け軸に描かれた絵に向けられる。

八十八も、浮雲の隣に立ち、掛け軸に描かれた絵に目を向けた。

「なっ！」

八十八は、その絵が持つ、何ともいえない異様な雰囲気に、思わず声を上げた。

掛け軸の中央には、一人の武士が描かれていた。着ている袴はぼろぼろで、今にも臭気が漂ってきそうだ。

だが、この絵が真に異様なのは、そんなことではない。

絵の中の男は、右手に刀を持ち、左手には、斬り落とした四つの生首をぶら下げているのだ。

刀から流れ落ちる血が、やけに生々しい。

絵から、この武士が出て来たという話が、真実であったと思えるほど、禍々《まがまが》しさを感じる。

背筋がぞっとするほど、迫力に満ちた恐ろしい絵だが、描いた人物が、相当な腕の持ち主であることは確かだ。

——誰の作だろう？

絵の左隅に、落款《らっかん》が確認できた。

「恐ろしい絵ですね……」

八十八が言うと、浮雲は小さく舌打ちをした。

「やはりユウザンか……」

浮雲が呟くように言った。

「何です？」

「本当に恐ろしいのは、この絵じゃねぇ」

吐き捨てるように言った浮雲は、絵から視線を逸《そ》らした。恐ろしさというより、嫌悪感が滲んでいる。

「どういう意味ですか？」

「お前が知る必要はねぇよ」

「しかし……」

八十八の言葉を遮るように、どたどたと誰かが駆けて来る足音がした。

姿を現わしたのは、老齢の武士だった。

四角く角張った顔立ちで、見るからに気難しそうな人物だ。

「憑きもの落としというのは、あなたたちですね」

男が、咎《とが》めるような口調で言った。

「はい」

八十八が返事をすると、その武士はこれみよがしにため息を吐《つ》く。

「もう帰って頂きたい。ここは、あなた方の来るような場所ではない」

「いや、しかし、宗佑様に……」

「宗佑様は関係ありません。青山家の用人《ようにん》として、あなたたちのような得体の知れない者たちの出入りを許すわけには参りません。まして、あんな事件のあったあとです。どんな噂が立つか、分かったものではありません」

老齢の武士は、まくし立てるように言った。

「まるで、おれたちが下手人《げしゅにん》みたいな言いようじゃねぇか」

男の物言いに圧倒されている八十八に代わって口を開いたのは、浮雲だった。

いつの間にか、赤い布で両眼を覆っている。

墨で描かれた眼に睨《にら》まれ、老齢の武士は、一瞬たじろいだ風だったが、すぐに立ち直った。

「或《あ》いは、そうであったかもしれませんな」

蔑むような視線で、男が言う。

言いがかりも甚だしい。

「これだから、武家の連中は嫌いなんだよ——行くぞ、八」

立ち去ろうとした浮雲を、八十八は慌てて呼び止めた。

「まだ、何も終わっていません。このままでは……」

「放っておけ。本人たちが望んでねぇんだ。そうだろ——」

浮雲が顔を向けると、老齢の武士は、「もの分かりがいい」と満足げに頷いてみせた。

「だってよ」

浮雲は、足早に歩いて行ってしまった。

こうなると、八十八一人が、ここに留《とど》まっていてもどうにもならない。引き摺《ず》られるように浮雲のあとを追いかけることとなった。

「浮雲さん！」

八十八が何度も呼びかけたが、浮雲は、どんどん歩いて行ってしまう。

「ちょっと、待って下さい！」

青山家の門を出たところで、ようやく浮雲が足を止めた。

「うるせぇな」

浮雲は、苛立たしげに、わしゃわしゃと髪をかきまわす。

「戻りましょう」

「嫌だね」

「しかし、まだ何も解決していません」

「知らねぇよ。おれは逃げ出したわけじゃねぇ。追い出されたんだ」

浮雲は、ふんっと鼻を鳴らす。

確かにその通りだ。ああいう拒絶の仕方をされたら、浮雲が怒るのも無理はない。

「でも、このままでは、また犠牲者が出るかもしれません」

「かも——じゃねぇよ」

浮雲がぼそりと言う。

「え？」

「もっと、人が死ぬと言ったんだ」

浮雲は、金剛杖を肩に担ぎ、青山家の門をふり仰《あお》いだ。

この口ぶり——浮雲は、今回の一件に関して、何か掴んでいるのかもしれない。

「それなら、尚《なお》のことです。何とかしましょう」

「止《や》めておけ」

「なぜです？　さっき、下手人扱いされたからですか？」

確かにあの老齢の武士の物言いは、腹の立つものだった。しかし、それとこれとは別の問題だ。

「向こうが望んでいないんだ。呪われようが、その結果、死人が出ようが、おれの知ったことじゃない」

浮雲は、突き放すように言う。

「見損ないました」

口では何だかんだ言いながらも、浮雲は困っている人を見たら、放ってはおけない。そういう類の人間だと思っていたのに——。

「見損なうほど、おれのことを信頼していたのか？」

「私は……」

八十八は、その先を喋《しゃべ》ることができなかった。

言葉が出なかったからではない。浮雲が、八十八の口を押さえつけたからだ。

八十八は、浮雲の手から逃れようともがいたが、彼の力は強く、どうすることもできなかった。

「ごちゃごちゃとうるせぇ」

浮雲は赤い布をずらし、緋色の瞳で八十八を見据えた。

凍《い》てつくような冷たい眼だった。

「いいか、お前も死にたくなければ、この件にはかかわるな――分かったか」

浮雲は、八十八にずいっと顔を近付け、耳許《みみもと》で囁《ささや》くように言う。

返事はしなかった。ただ、睨み付けるように浮雲を見た。

しばらく無言のまま見合っていたが、やがて浮雲は突き飛ばすようにして八十八から手を放した。

八十八は、よたよたと後退《あとずさ》りしたあと、尻餅をついた。

「金輪際《こんりんざい》、あの絵には近付くな。分かったな」

浮雲は念押しするように言うと、闇に溶けるように歩き去ってしまった。

八十八は、半ば呆然《ぼうぜん》とその背中を見つめた。

さっきの浮雲は、怒っているようでもあり、恐れているようでもあった。浮雲は、いったい何を考えているのだろう――。

「八十八さん」

ふと声をかけられ、八十八は我に返った。

ふり仰ぐと、伊織が心配そうに八十八の顔を覗き込んでいた――。


「……………」

六

「それは、困ったことになりました」

八十八が事情を説明し終えると、伊織が小さく首を振りながら言った。

萩原家の客間だ。

辺りはすっかり暗くなり、月がぽっかりと浮かんでいる。

「まったくです――」

八十八は、ため息混じりに応じた。

浮雲は、憑きもの落としを生業としているくせに、腰の重いところがある。だが、それは首を突っ込むまでの話で、一度かかわったら、途中で投げ出すような男ではない。少なくとも、八十八はそう思っていた。

それなのに――である。

「おそらく、八十八さんたちを追い出したのは、ご用人の松岡《まつおか》殿だと思います」

「そういえば、用人だと言っていました」

「松岡殿は、昔から宗佑様と折り合いが悪いのです。おそらく、憑きもの落としが嫌いだというだけでなく、そうした事情もあったのだと思います」

伊織は、しゃんと背筋を伸ばしたまま、淡々とした口調で語った。

「なぜ、そんなに折り合いが悪いのですか？」

「宗佑様は、見た通り快活で、柔軟なものの考え方をする人です。進んで、様々な会合に顔も出しているようです」

「なるほど」

伊織の説明で納得した。

しかし、どういうわけか、伊織が宗佑を褒める度に、八十八の心は沈む。

「一方の松岡殿は、真面目《まじめ》で規律を重んじる方ですから、折り合いが悪いのは、いわば当然です」

「堅物なんですね」

「ええ。以前に、家宝の壺《つぼ》を割ったということで、家臣の一人を追い出してしまったこともありました」

それが、どれほど大切な物かは分からないが、少しやり過ぎなようにも思う。

八十八がそのことを言うと、伊織も同意して頷いた。

「しかし、そういう事情ですと、再び青山家に入れてもらうのは、なかなか厳しいですね」

中に入れないことには、怪異の解決もなにもない。

「それについては、私の方からも掛け合ってみます。宗佑様が何とかしてくれると思います」

「宗佑様が……」

八十八は、気のない返事をした。

何から何まで、伊織に頼りっぱなしになっている気がする。

「それよりも、浮雲さんのことが気がかりです。松岡殿に何か言われたからといって、逃げ帰るような人ではないと思うのですが……」

伊織が、上目遣いに八十八を見た。

その表情の愛らしさに、八十八の頬は自然に緩んだ。が、すぐに気を取り直して慌てて表情を引き締める。

「私も、そこが引っかかっていたんです。それに……」

「何でしょう？」

「浮雲さんは妙なことを言っていたんです」

「妙とは？」

「はい。金輪際、あの絵には近付くな――そう言っていました」

松岡に腹を立てたのなら、青山家に近付くな――となるはずである。

今になって思えば、浮雲は、松岡に追い出される前に、手を引くことを決めていたともとれる。

「それは、確かに変ですね」

伊織も怪訝な顔をする。

「それともう一つ――」

「何ですか？」

「もっと人が死ぬ――と」

八十八は、自分で言いながら、背筋に冷たいものが走った。伊織の表情も一気に強張《こわば》る。

それほどまでに、その言葉の意味は重い。

「だとしたら、余計にこのままにはしておけませんね……」

伊織の意見に八十八も賛成だった。

このまま手を引いたのでは、どうにも寝覚めが悪い。だが、何とかしようにも、一つ大きな問題がある。

「しかし、私が首を突っ込んだところで、憑きものは落とせませんし、どうしたものか……」

八十八は、浮雲のように死者の魂が見えるわけでも、霊験《れいげん》灼《あらた》かな僧侶でもない。つまり、何もできないのだ。

「何も、八十八さんが霊を祓《はら》う必要はありません」

伊織が笑みを浮かべ、きっぱりと言った。

「え？」

「浮雲さんが、なぜ手を引いたのか——その理由が分かればいいのではないでしょうか？」

「なるほど」

八十八は、思わず手を打った。

浮雲が手を拱《こまね》いている理由が分かれば、もう一度、引っ張り出すこともできるというわけだ。

伊織は、単に器量がいいだけではなく、聡明《そうめい》でいかなることにも動じない心の強さを持っている。

伊織のような人は、宗佑のように、位の高い武家の妻になるのが自然なことなのだろう。

「それで、何から始めましょう？」

伊織が訊ねてきた。

「そうですね——やはり、浮雲さんは絵のことを気にしていたように思えるんです。なので、件《くだん》の絵の出所を突き止めようかと思います」

「心当たりは、あるのですか？」

「あの絵には、絵師の名が記されていました」

「どなたですか？」

「狩野遊山《かのうゆうざん》――」

「狩野遊山――八十八さん、ご存じですか？」

「遊山という名は知りません。しかし、絵描きで狩野なら、おおよそ見当はつくと思います」

「幕府に仕える、絵の最大派閥である狩野派に関係する人物ということですね」

「そうです。さすがですね」

八十八は感嘆の声を上げる。

武家の娘だけあって、教養がある。改めて説明するまでもないようだ。

「いえ。それより、絵で思い出したのですが……すみません」

伊織が頭を下げる。

「何がですか？」

「絵を描いてくれるということになっていたのに……」

こんなときに、呑気《のんき》に絵など描いている場合ではない。それに、八十八としては、覚えていてくれただけで嬉しい。

「いえ、気になさらないで下さい。とにかく、明日、あの絵の出所を探ってみます」

「そうですね。では、明朝、八十八さんのお宅に伺います」

さらりと言った伊織の言葉に、八十八は「え？」と、我が耳を疑った。

「今、何と？」

「明朝、伺います——と」

伊織は平然と答える。

「一緒に、探すつもりですか？」

「はい。何か問題でも？」

伊織は、分からないという風に首を傾《かし》げる。

「伊織さんまで、一緒に探す必要はありませんよ」

八十八は、腰を浮かせながら必死に口にした。しかし、伊織は「なぜです？」と頑《かたく》なに譲らない。

——参ったな。

八十八が、頭をかいたところで、何ともいえない異様な気配を感じた。

伊織と顔を見合わせてから、井戸に目を向けた。

そこには——一人の男が立っていた。

新太郎の話にあった通りの武士だった。

顔を伏せ、ぶつぶつと口を動かし何かを言っているようだったが、はっきりとその内容を聞き取ることはできなかった。

「あの……」

近付き、声をかけようとした伊織を、八十八は制した。

不用意に近付いていてとり憑かれでもしたら大変だ。伊織も、八十八の懸念を察してくれたらしく、それ以上近付こうとはしなかった。

やがて、武士の幽霊は、音もなく姿を消してしまった。

「いったい、何を訴えようとしていたのでしょう?」

八十八は独り言のように口にした。

「分かりません」

伊織は、小さく首を振る。

と、隣の青山家の方から、何やら人の騒ぐ声が聞こえて来た。八十八の頭を、浮雲の言葉が過《よ》ぎる。

――もっと、人が死ぬ。

気付いたときには、八十八は駆け出していた。伊織も、すぐあとからついてきた。

青山家の門の前まで来たところで、八十八は足を止めた。

飛び出して来たものの、無断で入って行っていい場所ではない。戸惑っていると、門が開き、家臣らしき一人の男が慌てた様子で出て来た。

「何があったのですか？」

伊織が、走り出そうとした男の腕を掴んで訊ねる。

「傍輩《ほうばい》の貞行《さだゆき》が、血を吐いて倒れたのです。医師を呼びに行きますので、これで——」

男は、伊織の手を振り払うように駆け出して行った。

事情はよく分からないが、新たな犠牲者が出てしまったようだ。

「詳しい事情を聞いておきます。八十八さんは、今日のところは帰って下さい」

伊織は、そう言い残すと足早に門を潜って行った。

しばらく呆然としていた八十八だったが、このままここで呆けていても仕方ない。とぼとぼと歩き出した。

——いったい、何が起きているのだろう？

あの不気味な絵が、青山家に凶事をもたらしているのだろうか？　それとも——などと考えを巡らせていた八十八だったが、ふと足を止めた。

チリン——と、鈴の音がしたからだ。

辺りを見回すと、少し離れたところに、黒い人影が見えた。

顔をすっぽりと覆う深編笠《ふかあみがさ》を被《かぶ》り、鼠色《ねずみいろ》の薄汚れた着物に、黄色い袈裟《けさ》をかけている。

どうやら托鉢《たくはつ》をする虚無僧《こむそう》のようだ。

こんな夜に、托鉢をしたところで、誰も通りはしないだろう。かわいそうに思い、八十八は持っていた小銭を、虚無僧の足許にある鉢に入れてやった。

そのまま立ち去ろうとした八十八だったが、不意に虚無僧に呼び止められた。

「そなた、死相が出ておる——くれぐれも、気をつけなされ」

虚無僧が、掠れた声で言う。

「どういう意味ですか？」

八十八が訊ねると、虚無僧は無言のまま踵《きびす》を返して行ってしまった。

暗闇の中に、小銭の入った鉢が置き去りにされていた——。

七

「こら！　八！　起きろ！」

八十八は、騒がしい声で目を覚ました。

寝ぼけ眼《まなこ》を擦りながら顔を上げると、姉のお小夜が腰に手を当てて怒った顔をしている。

「姉さん。おはよう……」

「呑気なことを言ってるんじゃないわよ。伊織さんってお嬢さんが来てるわよ」

お小夜の言葉で、八十八の眠気が一気に吹き飛んだ。

慌てて飛び起きて、身支度を始める。

「武家のお嬢さんとなんて――大丈夫？」

お小夜は心配顔だ。

「分かってる。そういうんじゃないよ。幽霊がらみのごたごたがあって、浮雲さんと一緒に協力しているだけだよ」

「そう。なら良かった」

お小夜の表情が和らいだ。

浮雲は、身分など関係ないと言うが、現実はそうではない。呉服屋の倅《せがれ》と、武家の娘が結ばれるなど、まずあり得ないことだ。

伊織は、やがてはどこかの武家に嫁ぐことになる。住む世界が違うのだ。

「ところで、あのお方は元気にしてるの？」

お小夜が訊ねてきた。

「あっ、うん」

昨晩いざこざがあったことは、敢えて口にはしなかった。もちろん、お小夜を紹介するように請われていることも――だ。

「そう……今度、連れて来たら？　お礼もしたいし……」

はにかんだように言うお小夜に、八十八はぎょっとなった。わずかだが、お小夜の頬が赤らんでいるように見える。

——冗談ではない！

よりにもよって、浮雲などと結ばれたら、堪《たま》ったものではない。

「浮雲さんは、色々と忙しいんだよ」

身支度を済ませた八十八は、逃げるように部屋を飛び出した。

家を出た八十八は、軒下に立っている伊織の姿を見つけた。いつもの袴姿ではなく、薄紅色の着物を着ていた。

八十八は、思わず息を止め、その姿に見惚れてしまった。

「八十八さん」

伊織が、顔を上げて小さく笑みを浮かべた。

「お待たせしてしまって、すみません……」

凝視していたことが気恥ずかしくなり、八十八は視線を落とした。

「いえ。気にしないで下さい。どうかしましたか？」

八十八の挙動を不審に感じたのか、伊織が訊ねてきた。

「いえ、その……袴姿ではないので、珍しいと思いまして」

「どこに行くか分かりませんでしたので、袴姿のままだと、不都合もあるかと思いまして……」

「そうでしたか」

「着慣れないので、動き難《にく》いです」

伊織が、照れ臭そうに笑った。

似合っているとか、綺麗だとか言うべきなのかもしれないが、言葉が出て来ず「そうですか」と、同意をするだけだった。

「それより、昨晩の件なのですが……」

伊織が、表情を引き締め、改まった口調で切り出した。

その一言で、八十八も一気に現実に引き戻された。

「どうでしたか？」

「貞行という方は、残念ながら亡くなりました……」

伊織が、悔しそうに唇を噛《か》む。

気持ちは八十八も一緒だ。もし、解決できていたなら、貞行という人は、死なずにすんだかもしれないのだ。

そう考えると、理由も話さず手を引いてしまった浮雲に対する怒りが込み上げてくる。

「次の犠牲者を出さないために、尽力しましょう」

伊織の力強い言葉に、八十八も身を引き締める。

「そうですね。何としても、これ以上の犠牲が出ないようにしましょう」

「はい。それで、どちらに行きますか？」

そう言った伊織は、どこか楽しげだった。

「内藤新宿《ないとうしんじゆく》に、町絵師の町田天明《まちだてんめい》という方がいます。まずは、そこに行ってみようかと思っています」

今回の一件で、改めて調べたわけではない。

八十八は、絵師になるために、弟子入りする先を探していた。その中の一人が、町田天明だった。

町田天明の名は、あまり知られていないが、仏画を主に手がけている。その筆は荒々しくも繊細で、独特の絵を描く人物だ。

以前、話を聞きに行ったとき、かつて狩野派に属していたことがある――というようなことを言っていた。

少々気難しいが、今回の一件で話を聞くには、うってつけの人物だ。

「では、行きましょう」

「そうですね」

八十八は、伊織と並んで歩き始めた。

「綺麗な方ですね」

歩みを進めながら、伊織がぽつりと言った。

「ああ。姉のお小夜です」

「お姉様――」

「はい。といっても、血はつながっていないんですけどね……」

自嘲気味に笑う八十八とは違い、伊織は驚いているようだった。

ここまで言ってしまったら、話さないわけにはいかない。八十八は、道すがら、自らの出生にまつわる奇妙な話を伊織に語って聞かせることになった。

浮雲と出会うきっかけとなった、一連の事件だ――。

元々、説明するのが上手《うま》い方ではない。無駄に長い話になってしまった。話を終える頃には、目的地である町田天明の住む長屋に辿《たど》り着いていた。

「ごめん下さい――」

八十八は、声を上げながら引き戸を開けた。

「何だ。この前の坊主か」

薄暗い部屋の中で、文机《ふづくえ》に向かっていた男が顔を上げた。

町田天明だ。げっそりと痩せ細っていて、目も落ち窪《くぼ》んでいる。まるで、骸骨のような風貌をしている。

「先日は、どうも……あの、こちらは、萩原家のお嬢さんで……」

「誰だっていい。まあ、狭いとこだが座りな」

天明に促され、八十八は伊織と部屋に上がった。

「素晴らしいですね」

伊織は、床に無造作に置かれている絵を一枚取り上げ、感嘆の声を上げた。

釈迦牟尼像《しゃかむにぞう》が描かれたものだ。力強く、畏怖を抱かせながら、慈愛に満ちた温かさも感じさせる絵だ。

「こんなものは駄作だ。世辞はいらねぇよ」

天明は、恥ずかしそうに伊織から絵を取り上げた。

伊織の言葉を、天明が「もういい」と制してしまった。

「いえ、本当に……」

「それで、まだ絵師をやろうなんて莫迦なことを言ってんのか?」

天明がぶっきらぼうに言う。

「ええ、まあ」

八十八が答えると、天明はふんっと鼻を鳴らして笑った。

「前にも言ったが、止めておけ。絵の世界は、流派だ何だで完全に腐ってやがる。いいことなんざねぇ。どうせやるなら、蘭画《らんが》だな」

その講釈は、前に来たときも聞かされた。

天明は絵の世界の派閥を嫌悪しているらしかった。自らが、最大派閥である狩野派に身を置いていた経験から、そう感じているのだろう。

「あの……実は、今日は別のことで来たんです」

八十八は、改まった口調で言った。

このままでは、延々と天明の派閥批判を聞かされることになる。

「別のこと？」

天明が落ち窪んだ目を細める。

「はい。ある絵師を捜しているんです」

「弟子入り志願か？」

「いえ、ちょっと訳ありで……」

事情を説明するのは一向に構わないが、込み入った話なので、なかなか説明し難いというのが本音だ。

「で、誰を捜してるって？」

幸いにして、天明は細かいことを訊ねてはこなかった。

「狩野遊山――」

八十八が、その名を口にするなり、天明の目が大きく見開かれ、みるみる青ざめていく。

この反応からして、どうやら知っているらしい。

伊織も同じことを思ったらしく、わずかに身を乗り出す。

「お前さん、その名をどこで聞いた？」

天明が、今まで見たこともないような、恐い顔で言った。

「見たんです。狩野遊山の絵を――」

「捜して、どうする気だ？」

「実は、その絵から、武士の幽霊が出て来て、女中を斬ったという話を聞いたんです」

八十八が言うと、天明は長いため息を吐いた。

部屋の中が、不穏な空気で満たされていくようだった。

「それが本当に狩野遊山の絵なら、その話はおそらく本当だ――」

天明が、掠れた声で言った。

「どういうことです？」

「言葉のままさ。狩野遊山ってのは、そういう絵師なんだよ。悪いことは言わん。奴《やつ》を捜そうなんて莫迦な真似《まね》は止《よ》せ」

天明は、有無を言わさぬ口調だった。

だが、糸口を摑んだのだ。ここで退《ひ》き下がるわけにはいかない。

「どうしてですか？　狩野遊山とは、何者なんですか？」

八十八が、身を乗り出すように訊ねると、天明は手で突き放した。

「知らなくていい。知る必要もない。悪いが、もう帰ってくれ」

天明は、これみよがしに八十八に背中を向けてしまった。完全な拒絶の態度だった。

こうなってしまっては、もはや何を言っても無駄だ。八十八は、不承不承ではあるが、天明の家を辞去した。

「狩野遊山とは、何者なんでしょう？」

天明の家を出たところで、伊織が呟くように言った。

「分かりません」

八十八は、首を捻《ひね》るしかなかった。

浮雲にしても、天明にしても、その名を聞いた瞬間、態度を一変させてしまった。まるで、何かを恐れているようだった。

――狩野遊山とは、いったいどういう絵師なのか？

考えをめぐらせながら歩き出したところで、「もし――」と声をかけられた。

振り返ると、そこには一人の男が立っていた。腰に刀を差してはいるが、着物は古びている上に、鬢もぐしゃぐしゃで品位が感じられない。

どこぞの浪人といった風体《ふうてい》だ。

「何でしょう?」

八十八が訊ねると、男はにいっと黄ばんだ歯を見せて笑った。

何だか嫌な予感がする。

「あんた方、狩野遊山先生を捜しているらしいな」

「なぜそれを?」

「さっき、立ち聞きしたんだよ。何だったら、居場所を教えてやってもいいぜ」

伊織がそっと八十八の着物の袖を摑んだ。

怪しい――そう言いたいのだろう。八十八も同感だ。人を見てくれで判断してはいけないが、どうにも目の前の男は信用できない。

「せっかくですが、大丈夫です」

八十八が立ち去ろうとすると、男が強く腕を摑んできた。

「教えてやるって言ってんだから、大人しくついて来いよ」

男は、腐臭にも似た息を吹きかけながら言う。

いったい何が目的なのかは分からないが、明らかに悪意の籠もった目をしている。

「その手を放して下さい!」

伊織は、近くにあった棒切れを拾うと、それを木刀代わりに正眼《せいがん》に構えた。

「そんな恰好《かっこう》で、勝てるとでも思ってるのか?」

男は、蔑むような視線を伊織に向ける。

伊織の表情が、わずかに歪《ゆが》む。伊織が今着ているのは、いつもの袴ではなく着物だ。身体の自由が利かない。

それが証拠に、構えも小さく、見るからに窮屈そうだ。

「やあ！」

それでも伊織は、流れるような動きで男の手首を打った。

男は痛みで蹲《うずくま》ったものの、伊織の持っていた棒は、根元から折れてしまった。伊織が代わりを探すよりも男が立ち上がる方が早かった。

「この女……よくもやりやがったな！」

男は、目を血走らせながら、伊織を殴りつけた。

袴姿なら避《よ》けることもできたのだろうが、着物である分、伊織の動きが一瞬遅れた。

男の拳をまともに受けた伊織は、地面に転がり、うつ伏せに倒れたまま動かなくなった――。

「伊織さん！」

八十八は、伊織に慌てて駆け寄り、その身体を揺さぶる。

昏倒《こんとう》しているだけのようだ。息はある。

ほっとしたのも束《つか》の間《ま》、八十八は、背後に殺気を感じた。

動転していたとはいえ、こんなにも無防備に背中を見せるとは——。

後悔したがあとの祭り。後頭部に、強烈な痛みが走ったかと思うと、八十八の意識は深い闇の中に墜《お》ちていった——。

八

チリン——鈴の音がした。

涼やかな、その音に誘われるように、八十八はゆっくりと目を開けた。

黴《かび》臭く、じめじめとしていて、薄暗い場所だった。どうやら、八十八は土間に横になっているらしい。

後頭部が、ずんっと重かった。

頭をさすろうとしたができなかった。両手首が縄で固く縛られていたからだ。

ゆっくりと身体を起こす。どこかの古びた農家のようだ。囲炉裏《いろり》の前に一人の男が座っていた。薄汚い袴を着た男だった。

鬚《ひげ》に覆われた男の顔を見た瞬間、朧《おぼろ》げだった記憶が一気に蘇《よみがえ》った。

八十八は、目の前にいるこの男に声をかけられ、そして襲われたのだ。

——逃げなくては！

駆け出そうとしてみたものの、両手を縛られていることもあり、思うように身体が動かず、尻餅をついてしまった。

「動くなよ」

男は、呟くように言うと、脇に置いた刀を持ってゆらりと立ち上がった。

異様な空気を孕《はら》んだ男だった。

浪人だと思っていたが、もしかしたら、この男こそが狩野遊山なのかもしれない。

「あなたは……」

「動くなと言っている。動けば斬る――」

男は、鞘《さや》から刀を抜くと、その切っ先を八十八の顎先に当てた。

冷たい刀の感触が八十八の恐怖心を煽《あお》る。

だが、ここで怯《ひる》んでいるわけにはいかない。八十八には、どうしても確かめなければならないことがあった。

「伊織さんを、どうしたのですか？」

八十八は、男を睨みながら言った。

「伊織？」

「そうです。私と一緒にいた娘さんです」

「ああ、あの女か――」

そこで言葉を止めたあと、男は口許を歪め、暗い欲望に満ちた笑みを浮かべた。

八十八の心が、ざわざわっと揺れる。

「さて、どうしたかな——教えて欲しいか?」

男は舌なめずりをすると、肩を震わせながら笑った。

それを見て、八十八は総毛立った。口にせずとも、男の顔から、伊織が何をされたのか察しがついたからだ。

八十八は、腹の底から膨れ上がる怒りに身を任せ、男に向かって突進しようとした——が、その刹那、薄暗い室内に光が差した。

誰かが戸を開けたらしい。

戸口のところに、人が立っていた。逆光になっていて、その人物の顔をはっきりと見ることはできなかった。

「誰だ!」

目の前の男にとっても、思わぬ来客だったらしく、素早く身構える。

「名乗るほどの者ではありません。しがない薬売りで御座《ござ》います」

戸口に立った影は、そう言った。

聞き覚えのある声だった。

「薬売りだと?」

「ええ。石田散薬《いしださんやく》で御座います。傷薬など、いかがですか？」

そう言いながら影が土間の中に入って来た。今度は、顔がはっきりと見えた。

「土方《ひじかた》さん！」

入って来たのは、薬の行商人の土方だった。

八十八の店に出入りしている薬売りで、浮雲を紹介してくれた人物でもある。

いつものように、背中に薬箱を背負っている。今日は、どういうわけか、木刀を携えていた。

「八十八さん。ご無事のようですね」

土方は、細い目をさらに細めながら言った。

「薬などいらん！　早々に立ち去れ！」

男が怒声を上げる。

しかし、土方は臆することなく、微かに笑ってみせる。

「ええ。もちろん、立ち去ります。さ、八十八さん。行きましょう」

土方が八十八に近付こうとすると、男がそうはさせまいと立ちふさがった。

「聞こえなかったのか？　さっさと出て行け！　さもなくば斬る！」

男が、刀の切っ先を土方に向ける。

——逃げて下さい！

そう言おうとした八十八だったが、恐怖で声が出なかった。刀を持った男に恐れをなしたのではない。

土方の顔が——豹変《ひょうへん》したからだ。

さっきまでの笑みが消え去り、能面をつけたような無表情。それでいて、眼光には射《い》貫《ぬ》くような鋭さがあった。

「浪人風情が、このおれを斬るか?」

土方の口調までが変わった。まるで別人のようだ。

「薬屋風情が！　舐《な》めるなよ！　木刀で何ができる?」

「よく吠える犬だ」

土方は嘲笑《あざわら》うかのように言うと、背負った薬箱を下ろし、木刀を構えた。

「貴様！　おれが、誰だか分かっているのか?」

「知らん。興味もない」

「ならば、お前の身体に教えてやろう」

男は切っ先を立てた八相《はっそう》の構えを取った。

剣術に関して、素人《しろうと》の八十八ではあるが、堂に入ったその構えから、男が相当な腕の持ち主であることは分かった。

「浪人にしては、少しはできるらしいな」

土方は静かに言うと、正眼に構えたあと、すっと膝の辺りまで切っ先を下げた。

一見すると無防備に見えるが、隙がなかった。

「えいっ！」

男が、真っ向から斬りかかる。

土方は、素早く身体を退き、その斬撃《ざんげき》をかわす。しかし、男は攻撃の手を緩めなかった。

──危ない！

八十八が叫ぶより早く、男は土方の喉元を突きにいく。

土方は、くるりと身体を返しながら男の突きをかわすと、木刀で男の腕を打ちつけ、続け様《ざま》に男の喉元を突いた。

まるで判で押したように同じ攻撃だったが、素人の八十八が見て明らかなほど、技の切れに格段の差があった。

男は、呻き声を上げる暇もなく、刀を取り落とし、前のめりに倒れて動かなくなった。

「木刀で良かったな」

土方が、呟くように言った。

八十八は、土方に歩み寄ろうとしたが、土方がそれを制した。男が倒れた今も、土方から放たれる気は、一向に緩む気配がない。

「そんなところで見ていないで、出て来たらどうだ？」

土方は、部屋の奥にある襖に鋭い視線を向けながら言った。

——あの襖の向こうに、誰かいるということか？

八十八は、息を呑んで成り行きを見守る。

長い沈黙のあと、チリン——と鈴の音がした。

「消えたか——」

土方は、それが合図であったかのように、ふっと息を吐くと、八十八に歩み寄ってきた。

その顔には、さっきまでとはうってかわって、穏やかな笑みが浮かんでいた。

「もう大丈夫ですよ」

土方は、そう言うと八十八の身体を縛っている縄を解き始める。口調まで、一変している。

「土方さん——あなた、いったい何者ですか？」

「私は、ただの薬売りですよ」

「ただの薬売りが、浪人をあんな目に遭わせることができるはずがありません」

八十八は、うつ伏せに倒れている男に目を向けた。

「相手が弱過ぎたんですよ」

こともなげに言う土方だったが、八十八はまだ納得できない。

「それに、なぜここに？」

「頼まれましてね」

「何をです？」

「あなたを見張るように——と」

「いったい、誰がそんなことを？」

「私と一緒に来れば分かりますよ——」

土方は笑顔で言った。

九

八十八が、土方に連れられて足を運んだのは、馴染《なじ》みの居酒屋、丸熊《まるくま》だった。

ここに来るまで、何度も事情を訊ねてみたものの、土方ははぐらかすばかりで、ろくに答えてはくれなかった。

「私は、ここまでです。二階で、あの男が待っています」

土方は入口の前でそう言うと、さっさと歩き去ってしまった。

八十八は、まだ礼を言っていないことに気付いたが、土方の姿は、もう見えなくなってしまっていた。

ため息を吐きながらも、八十八は丸熊の縄のれんを潜った。

「おう、八。しばらくぶりだな」

亭主の熊吉《くまきち》が、手を上げながら声をかけて来た。

熊吉は、八十八とは昔からの馴染みだ。名前の通り身体つきが大きく、毛深いが、見てくれに反して、面倒見がよく、気のいい男だ。

「熊さん。どうも」

「何やら大変だったらしいな」

熊吉に肩を叩《たた》かれた。

「あの……」

「二階で、お待ちかねだぞ」

熊吉が顎をしゃくるようにして言った。

色々と訊ねたいことがあったのだが、その前に熊吉は客に呼ばれて行ってしまった。

八十八は、困惑しながらも二階に上がり、襖を開けた。

「八十八さん！」

跳び上がるようにして声を上げたのは、伊織だった。

見たところ、着物が少し汚れてはいるものの、大きな怪我《けが》は負っていないようだ。

「伊織さん。ご無事だったんですね」

「はい。気を失って、目覚めたときには、もう八十八さんがいなくなっていて……本当にご無事で何よりです」

心底心配してくれていたらしい。伊織は、八十八の手をぎゅっと強く握った。

あの男に、何かされたのかと思っていたが、そうではなかったらしい。

「感動の再会は、済んだか？」

部屋の奥から気怠げな声がした。

中に入ると、壁に寄りかかるようにして座り、盃の酒をちびちびと呑んでいる浮雲の姿があった。

「浮雲さん――これは、いったい、どういうことでしょうか？」

「説明してやるから座れ」

促され、八十八は浮雲の前に座る。伊織も、同じように腰を下ろした。

「まったく。あれほど、かかわるなと言ったのに、余計な詮索をするから、こういう目に遭うんだ」

浮雲は、ぼやくように言うと、盃の酒を一気に呑み干した。

「しかし……あのまま、放っておくことはできません」

「そうやって、自分の命を落としたら、元も子もねぇだろう」

「今、こうやって生きてます」

「阿呆が！　おれが土方の野郎を見張りにつけていなかったら、お前は死んでいたかもしれんのだぞ！」

浮雲は、どんっと畳の上に拳を落とした。

こんなにも怒っている浮雲を見るのは、初めてのことだ。妙な言い方かもしれないが、八十八は嬉しかった。

その怒りは、八十八を心配してくれればこそのものだからだ。

「すみません――しかし、何の説明もなければ、納得もできません」

八十八は、ずいっと身を乗り出しながら言った。

浮雲は、腕組みをして天井を仰いだ。話すべきか否《いな》か、迷っているといった感じだ。

「私も、八十八さんと同じ気持ちです」

伊織も、決意のこもった目を浮雲に向ける。

浮雲は八十八と伊織を交互に見たあと、ため息を吐きながら、髪をわしゃわしゃとかき回した。

「まったく、面倒なガキどもだ。仕方ねぇ、話してやる。但し、この先は、おれの指示に従え。約束できるか？」

八十八と伊織が頷くと、浮雲は盃の酒をぐいっと呑んでから話を始めた。

「まず、八を拐《かどわ》かした浪人だが……こいつは、何も知らん。ただ、金で雇われたに過ぎん小者だ」

「雇ったのは、誰ですか？」

「狩野遊山だ」

浮雲が、ぞくりとするほど冷たい声で言った。

「なぜです？」

「今回の一件には、狩野遊山が絡んでいる。自分の素性を嗅ぎ回っている八が、仕事の邪魔になると考えたのさ」

「一連の事件の下手人は、狩野遊山ということですか？」

「半分は当たっているが、半分は外れだ」

「え？」

「そもそも、お前らの言う事件とは、何のことだ？」

今さらのように、浮雲は妙なことを訊ねる。

「絵から出て来た幽霊が、女中を斬り殺したというあれです」

「兄上が井戸の脇で見た幽霊も――です」

伊織が付け加える。

浮雲は、ふんっと鼻を鳴らして笑った。

「何がおかしいのですか？」

八十八が訊ねると、浮雲は苦い顔をした。

「お前の兄さんが、幽霊など見なければ、狩野遊山の事件になんぞ絡まなくて済んだのにな」

浮雲に視線を向けられ、伊織が困惑した表情を浮かべる。

「伊織さんのせいではありません」

八十八が断固として言うと、浮雲は舌打ちを返した。

「そんなことは、分かってる。過去は捨てたつもりでいたが、逃れられなかったってわけだ」

「過去？」

「そうだ。思い出したくもねぇ……」

浮雲は、怒り、憎しみ、哀《かな》しみが入り混じったような、何とも複雑な表情を浮かべた。

いったい浮雲は、どんな過去を抱えているのだろう――そして、その過去は狩野遊山とどんなかかわりを持っているのだろうか――。

「いったい何があったのですか？」

八十八が訊ねると、浮雲はおもむろに立ち上がった。

「御託《ごたく》は仕舞《しまい》だ。憑きものを落としに行こうじゃねぇか――」

その立ち姿は、何かを吹っ切ったように、晴々としたものだった。

十

八十八は、青山家の客間に、しゃんと背筋を伸ばして正座していた——。

向かいに座るのは宗佑だ。伊織の姿もある。

浮雲は、金剛杖を左脇に抱え、右手で盃の酒を呑んでいる。

「本当に霊が祓えるのですか？」

宗佑が、浮雲に問う。

その声には、わずかだが疑念が漂っている。理由はどうあれ、前回、逃げるように出て来てしまったので、そう思われるのも無理はない。

八十八自身、少々疑ってもいた。

結局、絵を描いた狩野遊山が何者なのか報《しら》されていない。そればかりか、今回はろくに手がかりがないように思える。

霊が彷徨《さまよ》う理由を見つけ、それを取り除く——という浮雲の除霊方法から考えると、あまりに準備ができていない。

「もちろんだ」

八十八の心配をよそに、浮雲は自信に満ちた答えを返した。

「あまり信用できませんな。そもそも……」

「今は、浮雲さんを信じて下さい。他に、今度の怪異を解決する手立てはありません」

ぴしゃりと言ったのは伊織だった。

こうなると、宗佑も黙るしかない。浮雲は、伊織を一瞥《いちべつ》したあとに続ける。

「例の掛け軸は持って来ているな——」

宗佑は「はい」と返事をして、狩野遊山の描いた絵を広げた。

こうやって、改めて見ると、やはり不気味な絵だ。

「まず、この絵に描かれているのが、誰か——ということが問題になる」

浮雲は、金剛杖でトントンッと絵を叩いた。

もし、この絵が呪われているのだとしたら、ずいぶんと乱暴な扱いだ。

「誰なんでしょうね」

宗佑が、分からないという風に首を傾げた。

「この絵に描かれている武士は、かつて青山家にいた人物だ」

浮雲は断言した。

「なぜ、それが分かるのですか？」

黙っていた八十八だったが、堪らず口を挟んだ。

浮雲が、「うるさい」という風に睨んで来たが、気になったのだから仕方ない。

「この絵を描いた狩野遊山は、狩野派の絵師であると同時に、呪術師でもある。金で雇われ、他人の恨みを晴らすために、呪いをかける——糞《くそ》みたいな男さ」

浮雲は、怒気を孕ませた口調で言った。

狩野遊山とは、そういう男だったのか——と八十八はようやく知った。と同時に、浮雲や天明が、狩野遊山とかかわることを極端に避けた理由を理解した。

今度の一件は、単なる心霊現象ではない。呪術師が絡んでいたのだ。だからこその忠告だったわけだ。

「つまり、誰かが青山家を恨み、呪いをかけた——そういうことですか？」

宗佑の言葉に、浮雲が「そうだ」と答える。

「しかし、それだったら、外部の者かもしれませんね」

「いいや。内部の者さ。この武士の羽織をよく見てみな。無地銭《むじせん》の家紋が入っているだろ」

浮雲の指摘を受け、その場にいる全員が絵を覗き込んだ。確かに、よく目を凝らすと、無地銭の家紋が描かれている。

「確かに、これはうちの家紋です——」

宗佑が顔を上げる。

「青山家の中に、この家に恨みを抱くような男はいないか？」

「そう言われましても……」

「では、質問を変えよう。かつて、青山家にいたが、死んだ、あるいは行方をくらました男はいるか？」

浮雲の問いに、宗佑がはっとした顔をした。

この反応からして、心当たりがあるようだ。

「一年ほど前、家宝の壺を誤って割ってしまった家臣がおりました。田口勝治郎《たぐちかつじろう》という男です。用人の松岡に激しく叱責《しっせき》され、その夜、家からいなくなりました……」

宗佑の言葉を遮るように、襖が開いた。

そこに立っていたのは、今、話に出た松岡本人だった。

「憑きもの落とし風情が、青山家に何の用があって参った？」

松岡が咎めるような口調で詰め寄って来る。しかし、浮雲は動じない。

「黙れ。白々しい！」

「何だと！」

「外で話を聞いていたのだろ。で、自分の名が出たので、慌てて入って来た——違うか？」

図星だったらしく、松岡は口を開けたまま固まってしまった。

「お前は、この絵が田口って男だってことを、知っていたんだろ」

浮雲は絵を摑んで立ち上がると、松岡の眼前に突きつけた。

松岡は、逃げるように絵から視線を逸らし、その場に座った。返事こそ無かったが、その反応で充分だ。

「では、その田口という人が、壺の一件で追われたことを恨み、狩野遊山に頼んで、この家を呪った——そういうことですか？」

八十八が口にすると、浮雲は小さく首を振った。

「それは違う。田口って男は、死んだよ——そうだろ」

そう言って浮雲が顔を向けたのは、伊織だった。

なぜ、ここで伊織に話を振るのか？　八十八は困惑しながらも、伊織に顔を向ける。

「ずっと気になっていたんです。兄上も、同じことを言っていましたが、うちの井戸の脇に現われた幽霊が、誰かに似ている気がしたんです……」

伊織は掠れた声で言った。

「それが、田口さんだった？」

八十八が訊ねると、伊織が小さく頷いた。

「あまりお話ししたこともありませんし、顔を見知っている程度でしたので、すっかり忘れていました。でも、今の話を聞いて、はっきりとしました。あれは、田口殿です」

伊織の言葉に嘘はないだろう。

幽霊となって現われたということは――。

「つまり、田口さんは、すでに亡くなっている」

八十八が言うと、浮雲がにいっと笑ってみせた。

「そうだ。おそらく死体は、井戸の中に捨てられたのさ」

浮雲は、開け放たれた戸口に立ち、庭の奥にある井戸を指差した。萩原家と同じように、井戸には蓋が閉められ、今は使われていないようだ。

ここで八十八は、萩原家で井戸が使われなくなった理由を思い出した。腐臭がしたり、濁りが出たということだった。

隣家の井戸とは、地下でつながっている。その腐臭は、田口の死体から放たれたものなのだろう。

「いくら何でも、そんな強引な」

苦笑いとともに宗佑が言う。

「まったくです！　お主は、何を根拠に、そのようなことを申しておる？　無礼であろう！」

松岡も声を荒らげる。

「黙れ！」

浮雲が、金剛杖で畳を突いて一喝《いっかつ》した。

そのあまりの迫力に、部屋にいる者全員が口を閉ざした。

「嘘か、真《まこと》かは、井戸の底を調べれば、すぐに知れることだ」

浮雲が言うと、松岡が「ぐぅ」と唸った。その額には、どっぷりと汗が浮かんでいる。

「さて――ここで問題になるのが、誰が田口を殺したかってことだが……」

浮雲は、襖を後ろ手に閉め、部屋の中央に立つと、ぐるりとそこにいる者たちを見回した。

赤い布に描かれた眼に見据えられ、みな一様に萎縮しているようだった。

「私だ……」

部屋の中で声がした。

それは、あまりに弱々しい声で、最初、誰なのか分からないほどだった。

やがて松岡が立ち上がり、覚悟を決めた顔で「私がやった――」と宣言するように言った。

家宝の壺を割ったことで、田口を叱責し、激怒するあまりに勢いあまって斬ってしまった――考えられなくもないが、何だか腑に落ちない。

そんな八十八の心情を察したかのように、浮雲はふっと小さく笑った。

「忠義に厚いのはいいが、それがこの一件を混乱させたんだ」

浮雲の言葉に、松岡が目を剝《む》いた。

「何？」

「誰か、教えてはくれんか。誰が田口を殺したのか――」

浮雲は、誰にともなく呟く。

「お前だ！」

叫び声とともに、襖が開け放たれた。

そこには、一人の女が立っていた。女中のお菊だった。

興奮しているのか、肩で大きく呼吸を繰り返し、目を血走らせていた。その手には、しっかりと小刀《しょうとう》が握られている。

「なっ！」

伊織が素早く立ち上がり、お菊を押さえようとするが、それを制したのは浮雲だった。

「誰だ？　誰が田口を殺した？」

浮雲がお菊に問う。

「宗佑ぇ！　お前だ！　勝治郎様を！　勝治郎様を返せ！」

お菊が、宗佑をきっと睨んで叫ぶ。

「な、何を言っている。私は知らん。松岡が、やったことだ。さっき、そう言ったではないか」

　宗佑は怯えた口調で言いながらも、腰を浮かして脇に置いてあった刀を手に取り、抜刀してお菊を牽制《けんせい》する。

　狭い客間が、一気に騒然となる。

　八十八は、何が起きたのか分からず、ただ狼狽《ろうばい》するばかりだった。

　浮雲は、狭い部屋の中で、器用に金剛杖を捌《さば》き、宗佑の持っていた刀を弾《はじ》き飛ばしてしまった。

「な、何をするか！」

　慌てて加勢しようとした松岡だったが、浮雲が金剛杖で鳩尾《みぞおち》を突いた。

　松岡は、身体をくの字に曲げ、動けなくなった。

「さあ、これで丸腰だ。お菊は、ああ言っているが、本当のところを聞かせてもらおうじゃねぇか」

　浮雲は金剛杖を肩に担ぎ、宗佑に迫る。

　小刀を握ったお菊も、じわじわと宗佑との距離を詰めていく。

　宗佑は、仮にも武士だ。平素であれば、たとえ丸腰であったとしても、小刀を持った女に臆したりはしないのだろうが、浮雲の作り出した異様な空気が、抗《あらが》う力を奪っているようだった。

「違うんだ。あれは、仕方なかったんだ。田口が、密告などしようとするから……私は説得しようとした。それなのに、あいつは……」

宗佑は、壁までずるずると後退りながら言う。

詳しい事情は分からないが、宗佑が田口を殺したのは間違いないらしい。

浮雲は、宗佑の告白を聞くと、満足そうに頷き、じりじりと詰め寄ってくるお菊の前に立ちふさがった。

「もう終わりだ。お前は、呪詛に囚《とら》われている」

「どけぇ！　あの男を殺さねば、勝治郎様の魂は、浮かばれぬ！」

お菊は、浮雲の言葉をかき消すように叫ぶと、一気に宗佑に襲いかかっていく。が、浮雲がそれを許さなかった。

お菊の腕を掴むと、そのまま庭に放り投げた。

地面に転がったお菊は、意識を失ったのか、そのまま動かなかった。

十一

「いったい何が起きているのですか？」

八十八は、半ば呆然としながら浮雲に訊ねた。

「見て分からねぇか？」

浮雲は、そう言いながら部屋を出て、縁側から庭に降りる。八十八も、そのあとを追いかけた。

「分からないから、聞いているのです」

「女中を斬ったのも、家臣を毒殺したのも、お菊なのさ――」

浮雲は、さも当然のように言う。しかし八十八には、その道理が見えて来ない。

「なぜ、そうなるのです？　女中は絵から出て来た幽霊に斬られたのではないのですか？」

八十八は、すがりつくようにして問う。

「阿呆が。何度も言わせるな。実体のない幽霊に、人は斬れねぇよ」

浮雲が何度も口にしている説だ。

実際に、幽霊が見える浮雲が言っているのだから、間違いはないのだろう。しかし――。

「斬ったのは、幽霊じゃないとしても、お菊さんとは限らないじゃないですか。別の誰かかもしれません。それこそ……」

八十八は、明言は避けつつも、ちらりと部屋の中で怯えている宗佑と松岡に目を向けた。

「その女中は、首を斬られていたのだろ」

「武士が刀で斬ったのであれば、もっと違う傷になる――ということですね」

浮雲のあとを引き継ぐように言ったのは、伊織だった。

その説明を受け、八十八も「あっ！」と納得する。

刀なら、もっと大きな傷になるはずだ。仮に突いたのだとしても、首を貫通するほどの傷になっていなければならない。

八十八は、実際に見てはいないが、最初に殺された女中の傷は、それほど深いものではなかった。

「血を吐いて死んだ家臣は、どうなのですか？」

「食事に毒を混ぜれば簡単だ。女中なら、いつでもそれをする機会があった」

浮雲の言葉は、筋が通っているように思える。しかし、全てが納得できたわけではない。

「女中は、他にもいます」

「最初にこの家に来たときのことを思い出せ」

浮雲の一言で、八十八は合点がいった。

「絵の中から、幽霊が出て来たと言ったのは、お菊さんだった――」

「しかし、家臣の中にも、掛け軸から出て来る幽霊を見た者がいます」

反論したのは伊織だった。

「本当に、見たのか？」

浮雲が、尖った顎に手をやりながら言う。

「え？」

「お菊が、見たと言った。それにまどわされ、そう錯覚したのだとしたら？」

浮雲が何を言わんとしているのか察したらしく、伊織が下唇を噛んだ。

よく思い返してみれば、掛け軸の中から武士の幽霊が出た――と断言しているのは、お菊だけだった。

「しかし、なぜです？　なぜ、お菊さんは……」

八十八は、庭で蹲るお菊に目を向けた。

「復讐《ふくしゆう》だろうさ」

浮雲が、寂しげな口調で答える。

「復讐？」

「そうさ。おそらく、お菊と死んだ田口は、恋仲だったのだろう。宗佑に田口を殺され、復讐の鬼と化したのさ」

もし、浮雲の言う通りだとしたら、どうしても筋が通らないところがある。

「女中や家臣は関係ないじゃないですか」

「あるんだよ。目指す相手は宗佑だが、死んだ女中や家臣は、田口殺害を知っていた——あるいは、何らかのかたちで荷担していたのさ」

「だからといって、何も殺さなくても……」

「だからさ、これが狩野遊山の呪詛——呪いなのさ」

浮雲は、苦々しい顔で言った。

「呪いなど、本当にあるのですか？」

疑いを口にしたのは、伊織だった。

「呪いはある」

「しかし、そのような……」

「別に経を唱えて、摩訶《まか》不思議な現象を引き起こすだけが呪いじゃない」

浮雲は、赤い布に描かれた眼で、伊織を見据えてから続ける。

「狩野遊山は、人の心の隙に入り込み、言葉巧みにその者を闇に誘い、鬼に変えてしまう。それこそが、呪いだ——」

浮雲は、金剛杖でドンッと地面を突いた。

それが合図であったかのように、お菊がのろのろと起き上がる。

顔は青白く、口許には歪んだ笑みを浮かべ、目は血走っていた。まさに、鬼のような形相《ぎょうそう》だ。

「狩野遊山は、お菊に呪いをかけた。復讐を果たさねば、田口の魂が、永遠に地獄で彷徨い続ける——と」

浮雲は、するすると両眼を覆っていた布を外した。

月明かりの下、赤い双眸《そうぼう》が露《あら》わになる。背中を向けているので、部屋にいる者たちには、見えないだろう。

「しかし、本当にそんなことが……」

八十八は、絞り出すように言った。

浮雲の言わんとしていることは分かる。だが、実際にそんな風に人の心を操ることができるのだろうか？

「平素であれば、そう思うだろう。しかし、恋仲にある男を殺されたお菊は、そうではない。それに——なぜ、復讐を始めるまでに一年もかかったと思う？」

「もしかして……」

「そうだ。狩野遊山は、一年かけて、じっくりとお菊の心を鬼に変えていったんだ。まさに呪詛だな——」

八十八は背筋が凍りつくような思いをした。

今さらのように、狩野遊山という人物の呪いの恐ろしさを実感した。だから、浮雲はかかわることを、極端に嫌ったのだ。

確かに恐ろしい。しかし、ただ怯えてばかりもいられない。

「どうにかならないのですか？」

「どうにかするために、おれはここに来た——」

浮雲は、微かに笑みを浮かべながら言った。

——ああ、やっぱりだ。

八十八は心底、ほっとしていた。浮雲なら、お菊の呪いを解いてくれるはずだ。それに、浮雲は困っている人を見て、放っておける類の男ではない。

浮雲は、大きく息を吸い込むと、お菊にずいっと歩み寄った。

その赤い双眸に慄《おのの》いたのか、お菊がから足を踏むように後退る。

「おれのこの眼が見えるか？」

浮雲が問うと、お菊が「うぅぅ」と小さく唸った。

「おれのこの眼には、幽霊が見える。田口は、今も現世を彷徨っている。なぜだと思う？」

「憎いからだ。あの者たちが、憎いからだ」

お菊の憎悪に満ちた目が、部屋にいる宗佑たちに向けられる。

「それは違う。田口は、鬼になり果てたお前の姿を、嘆いているのだ」

「あり得ぬ。勝治郎様は憎しみを抱えて、彷徨っているのだ」

お菊は、激しく頭を振る。

結いあげた髷が解け、顔にかかる。お菊の顔が、より恐ろしく変化したように見えた。

「田口の幽霊は、隣家の萩原家に現われた。なぜだと思う?」

「…………」

「もし、青山家の人間を恨んでいるのなら、その家の者たちの枕辺に立って然《しか》るべきであろう」

浮雲の言葉に、お菊は何も答えない。

しゅー、しゅー、と喉を鳴らしながら呼吸をしている。

浮雲は、ずいっとさらに歩を進める。お菊は後退る。だが、井戸にぶつかり、それ以上は退けなくなった。

「田口は、苦しい、助けてくれ——そう言い続けている。最初、自分を解放して欲しいという意味かと思っていた。だが、そうではなかった」

「何っ……」

お菊が目を剝いた。

「田口は、鬼になっていくお前の姿を見て、苦しんでいたんだ。戻れぬ場所に行ってしまったお前を、救って欲しいと訴えていた」

「違う！　違う！　違う！」

お菊は、叫び声を上げながら、持っていた小刀をめちゃめちゃに振り回す。

切っ先が、浮雲の腕を掠める。

八十八は、慌てて駆け寄ろうとしたが、浮雲がそれを制した。

「お前にも、見えるだろう——田口の姿が」

浮雲が、優しく囁くように言った。

八十八の目には、何も見えない。だが、お菊は違ったらしい。驚愕《きょうがく》したように目を見開き、動きが止まった。

お菊の手から、小刀が滑り落ちる——。

「おおぉ」

呻きとも、歓声ともつかぬ声を上げながら、お菊は跪《ひざまず》き、やがて突っ伏した。

その刹那、八十八の目にも、お菊の前に立つ田口の幽霊が見えた気がした。

ただの目の錯覚かもしれないが——。

「終わったのですか？」

八十八が問うと、浮雲は小さく首を振った。

「何も終わっちゃいない」

「え？」

「お菊の呪いは解けた。この意味が分かるか？」

浮雲は、いつになく恐い眼をしていた。

「正気を取り戻したということは、己がしでかした罪の重さを知ることになるのですね。それに二人も手にかけています。死罪は免れません」

酷《ひど》く暗い声で言ったのは、伊織だった。

「それでは、あまりに……哀し過ぎます……」

八十八は掠れた声で言った。

こんなことなら、お菊の呪いなど解かない方が幸せだったのでは——とすら思えてくる。

「最初に女中が死んだとき、すでに手遅れだったのさ——」

浮雲が、呟くように言った。

もしかしたら、それこそが、浮雲が今回の一件から手を引こうとした理由なのかもしれない。

そもそも、原因を作ったのは宗佑なのに、お菊が苦しまなければならない。これでは、どっちが正しいのか、分かったものではない。

八十八は、部屋の中で呆然としている宗佑たちに目を向けた。

浮雲も、ゆっくりと宗佑に眼を向ける。

赤い双眸で睨まれ、宗佑は「ひっ！」と短い悲鳴を上げた。

ここに来て、八十八の中にそもそもの疑問が浮かんだ。

「なぜ、宗佑さんは、田口さんを殺したのですか？」

八十八の疑問に答えるように、チリン――と鈴の音が鳴った。

――どこから聞こえてきたんだ？

周囲を見回す八十八の耳に、再びチリン――と鈴が鳴る。

チリン――。

その鈴の音は、段々と近付いてくるようだった。

「いるなら、さっさと出て来い。遊山――」

浮雲が、井戸の方に眼を向けながら言った。

すると――闇の中から、すうっと浮かび上がるように、一人の男が現われた。

深編笠に、黄色い袈裟をかけ、鈴を持った男だ。見覚えがある。昨晩、八十八に「死相が出ている――」と告げた、あの虚無僧だ。

「狩野遊山――」

浮雲が、苦々しい口調で言った。

八十八は、狩野遊山を見て、思わず息を呑んだ。あの掛け軸の絵に負けないくらい、禍々しく、恐ろしい雰囲気をもった男だ。

それでいて、人を惹きつける奇妙な力をもっている。

「久しぶりで御座いますね。今は、浮雲と名乗っているとか――」

遊山は、見た目の暗く薄汚れた雰囲気とは正反対の、涼やかな声で言った。まるで、鈴の音のような美しさだ。

「何と名乗ろうと、おれの勝手だ」

「ずいぶんと、怒ってらっしゃいますね。少しは、私との再会を喜んでくれると思っていたのですが……」

「黙れ！」

浮雲が一喝する。

八十八などは、その迫力に慄いたが、遊山は小さく笑ってみせた。

「まだ、あのことを怒ってらっしゃるんですか？　あの人が死んだのは、あなたのせいなのですよ――」

遊山は、静かに言いながら、ゆっくりと被っていた深編笠を外した。

現われた顔は、八十八が想像していたのとは、異なるものだった。

年の頃は、二十代半ばといったところだろうか。白い肌に、切れ長の目をしていて、女と見紛《みまが》うほどだった。

どことなくではあるが、雰囲気が浮雲に似ているようにも見える。

「変わらねぇな。そうやって、人の心を弄《もてあそ》んで楽しんでいやがる」

浮雲は、吐き捨てるように言った。

この二人に、どんな因縁があるのかは分からないが、相当に深い遺恨があるようだった。

「あなたこそ名を変えても、中身は何も変わりませんね。いつまで経《た》っても、情にすがりつく。そのせいで、どれだけの人が苦しんだと思っているんですか？」

遊山は、淡々とした口調で言う。

「黙れ。おれには、おれのやり方がある」

「そうして辿り着いたのが、憑きもの落としですか——けったいな人ですね」

「お前こそ、けったいな呪いをかけやがって。暗殺するなら、刀で斬りかかればよかろう」

「そうもいかない事情もあるのです」

そう応じた遊山は、にいっと口の端を上げて笑った。

ぞくっとするほど冷たい笑みだった。

「事情とは何です？」

訊ねたのは、伊織だった。

遊山は、ちらりと伊織に目を向けたが、すぐにその視線を浮雲に戻した。

「いいでしょう。ここまで来たら、話してあげましょう——宗佑さんは、昨今、倒幕派の過激な志士とつるんでいましてね。あるお方を暗殺しようとしていたんですよ」

遊山が言った。

「幕府の要人か？」

「当たらずとも、遠からず——とだけお答えしておきましょう」

浮雲の問いに、遊山は、いかにも楽しそうに答えた。

「それが、なぜお菊さんに呪いをかけることになるんですか？」

八十八が詰め寄ろうとすると、浮雲がそれを制した。

「これが、遊山のやり方なのさ」

「え？」

「お菊は、宗佑を葬るために、利用されたのさ」

「利用……」

「宗佑が、誰を暗殺しようとしていたかは知らんが、おそらく田口は、その計画を聞いてしまった。それで、宗佑に斬られたのさ」

「では、壺の件は？」

「松岡のでっち上げさ。おそらく、松岡は宗佑が田口を斬ったことを知っていた。いきなり家臣がいなくなったのでは、問題にもなる。忠義心から、壺が云々《うんぬん》の話をでっち上げてうやむやにしたのさ」

「何と！」

「最初に斬られた女中と、毒殺された家臣は、松岡の方便に協力した輩《やから》さ。遊山の目的は、最初から宗佑を葬ることだ。しかも、幕府が関与していることを、一切知られずに――」

「だから、お菊さんを利用した……」

八十八は、口にしながら吐き気をもよおした。

狩野遊山という男の恐ろしさを、今になって肌で感じた。遊山にとって、お菊は目的を達成するための道具に過ぎなかったというわけだ。

薄ら笑いを浮かべているが、その奥にあるのは、全てを呑み込む暗い闇だ。

「幾つか見当外れなところはありますが、まあ、おおよそは、そんなところです。何にしても、あなたのせいで、計画が台無しだ」

遊山は、おどけるように両手を広げてみせた。

どういうわけか、その顔には、余裕の笑みが張り付いている。

「お前……何か隠してるな？」

浮雲が問うと、遊山は、自信に満ちた顔で頷いてみせた。

「ええ。こんなこともあろうかと、呪詛をもう一つ――」

遊山は、そう言うと左手に持っていた鈴を、激しく震わせた。やかましいほどの鈴の音が、辺りに響きわたる。

「松岡さん。このままでは、青山家の名に傷がつきます。それを止められるのは、用人であるあなたしかいません。さあ、為《な》すべきことを為すのです」

遊山は、鈴を鳴らしながら早口に言う。

「てめぇ！」

浮雲は、何かに気付いたらしく、金剛杖を振るって遊山の持っていた鈴をはたき落とした。

鈴の音が止み、静寂が辺りを包み込む。

「少し、遅かったですね」

遊山が笑うと同時に、悲鳴が上がった。

見ると、松岡が刀で宗佑の胸を突き刺していた。

「何てことを！」

伊織が慌てて駆け寄り、松岡を引き離そうとする。

だが、力では及ばず突き飛ばされてしまった。

「この責任は、私の命をもって償います」

松岡は、宗佑から刀を引き抜くと、今度は自らの腹に突き立てた。

八十八は、浮雲と共に宗佑と松岡の許に駆け寄ったが、ときすでに遅く、二人とも息絶えていた。

「迂闊《うかつ》だった。松岡にも、呪いをかけていやがったな――」

浮雲が、苦々しく言いながら振り返る。

八十八も、同じように目を向けたが、そこには、もう遊山の姿はなく、ただ血に塗れた絵だけが残されていた――。

その後

翌日、八十八は萩原家の客間にいた――。

青山家で起きた一連の出来事を、伊織の兄である新太郎に説明するためだ。

八十八は、てっきり浮雲が語るのかと思っていたが、壁に寄りかかるように座った浮雲は、盃の酒を呑むばかりで、一向に口を開こうとしない。

やむなく、八十八が説明をすることとなった。

とはいえ、あまり口が達者な方ではない。ところどころ説明が曖昧になってしまったが、そこは伊織が補ってくれた。

「そうでしたか……宗佑殿が……」

八十八が説明を終えると、新太郎は沈痛な面持《おもも》ちでため息を吐いた。

「兄上は、何かご存じだったのではないですか？」

そう訊ねたのは伊織だった。

新太郎は、少し困ったような顔をしたあと、重い口を開いた。

「今回の一件と、こんなかたちでつながるとは思っていませんでしたが、宗佑殿が、倒幕派の者たちとかかわっているという噂は聞いていました」

「そうでしたか……」

伊織が、わずかに目を伏せる。

「あの、お菊さんは、どうなるのですか？」

八十八が抱いていた疑問をぶつけると、新太郎と伊織が苦い顔をした。

「お菊は、二人を殺している。死罪は免れんだろうな」

浮雲が、尖った顎に手を当てた。

「そんな……」

声に出してみたものの、八十八があがいたところで、どうこうできるものではない。

「浮雲殿——私も一つ訊いてもよろしいですか？」

新太郎は、そう言うと、改まって浮雲に顔を向けた。

「何だ？」

浮雲は、顔を伏せたまま答える。

「狩野遊山という人は、誰かに依頼されて、宗佑殿を葬ろうとして、今回の一件を起こしたということですが——その狩野遊山に依頼をしたのは、いったい誰なのですか？」

「訊くまでもなく、もう、分かってるんじゃないのか？」

浮雲の言葉に、新太郎は目を細めた。

二人は、承知しているようだが、八十八には分からない。

「いったい誰なのですか？」

八十八が問うと、浮雲は口許に苦い笑いを浮かべた。

「青山家は、幕府の要職に就いている名家だ。分家とはいえ、そこから倒幕派など出たとあっては、色々とまずい奴らがいるのさ。しかも、要人暗殺まで企てていたんだ」

もしかして、本家の人間が、今回の一件を依頼したということだろうか？　もし、そうだとしたら——。

「これ以上は、口に出すなよ。ただの噂話では済まなくなる」

浮雲が、八十八の考えを先読みしたように、ぴしゃりと言った。

しばらくの沈黙のあと、浮雲がすっと立ち上がる。

「用は済んだ——」

浮雲は、そう言うと部屋を出て行こうとする。

それを呼び止めたのは、新太郎だった。

「お待ち下さい。まだ謝礼をお渡ししていません――」

「いらん」

浮雲が、きっぱりと口にする。

「しかし……」

「その代わり、井戸に捨てられた田口の遺体を引き揚げて、供養してやってくれ」

浮雲は、背中を向けたまま言った。

「承知しました」

笑顔で言う新太郎の言葉を受けたあと、浮雲はその場を後にした。

何だかんだ言いながら、やはり浮雲は情に厚い男だ。

「あの、もし良ければ、弔うときに、この絵も一緒に――」

そう言って、八十八は一枚の絵を新太郎に差し出した。

昨晩、描いたもので、井戸の傍らで寄り添うように立つ、田口とお菊である。せめて、絵の中だけでも、幸せになって欲しいという願いを込めたのだ。

「おお。伊織から聞いてはいましたが、想像以上に美しい絵ですね――」

新太郎が、満面の笑みを浮かべた。

そんな風に褒められると、何だか照れ臭い。八十八が「私など……」と恐縮すると、伊織が微かに笑った。

「狩野遊山の絵が、呪いの絵なら、八十八殿の絵は、弔いの絵——というわけですね。承知致しました」

新太郎が大きく頷きながら言った。

自分の絵が弔いになるかどうかは別として、八十八が絵師として、今後、どういったものを描いていくのか、その目指すところは決まったような気がした。

八十八も、新太郎と伊織に一礼してから浮雲のあとを追った。

「待って下さい——」

萩原家の門を出たところで、八十八はようやく浮雲に追いつくことができた。

「何だ？　小娘の絵を描くんじゃねぇのか？」

浮雲は、歩みを進めながらぶっきらぼうに言う。

——あっ！

当初の目的は、伊織の絵を描くことだったが、今回の一件で、すっかり失念してしまっていた。

「また、次があります」

「そんな悠長なことを言ってると、いつまで経っても描けねぇぞ」

浮雲の言い分も一理ある。しかし、絵を描いてしまったら、伊織に会う口実がなくなってしまうとも思っていた。

「そんなことより、まだ分からないことがあるんです」

「何だ？」

浮雲が、足を止めた。

「あの絵は——誰が青山家に持ち込んだのですか？」

「たぶんお菊だ。元々あった絵とすり替えたんだ。まあ、そうさせたのは狩野遊山だろうな」

「なぜ、そんなことを？」

「あの絵は、呪詛の目印のようなものなのさ。これから起こることを暗示してもいる。それが、奴のやり方さ」

改めて、あの掛け軸の絵を思い返してみる。

井戸の脇に立つ武士。そして、その手にぶら下げていた四つの生首——まさに、今回の一件を表わした絵だ。

あの絵を飾ることで、無意識のうちに恐怖心を植え付ける目的もあったのかもしれない。

「恐ろしいですね——」

「真に恐ろしいのは、人の心さ」

浮雲は吐き捨てるように言うと、再び歩き出した。だが、まだ質問は終わっていない。

「狩野遊山は、どこに行ったのですか？　それと、浮雲さんは、以前から狩野遊山とかかわりがあったのですか？」

八十八は、浮雲の背中を追いかけながら、早口に並べ立てる。

浮雲は、ため息を吐きながら再び足を止める。

「奴が、どこに行ったかなんざ、知らねぇよ。ただ……」

「何です？」

「昔の縁は捨てたつもりだったが、切れない縁もあるらしい――」

「それは、いったい……」

意味を訊ねようとした八十八だったが、浮雲はさっさと歩いて行ってしまった。

再びあとを追いかけようとした八十八の耳に、チリン――と涼やかな鈴の音が聞こえた。

視線を走らせると、一瞬だけ、遠くに虚無僧の姿を見たような気がした。

――あれは？

声に出そうとしたが、その姿はもう見えなくなってしまった。

ただの錯覚だったのかもしれない。

「あっ！　浮雲さん！　待って下さい！」

八十八は、はっと我に返り、浮雲を追いかけて走り出した――。

このとき八十八は、次の事件が始まっていることを知る由《よし》もなかった――。

あとがき

『浮雲心霊奇譚　赤眼《せきがん》の理《ことわり》』を読んで頂き、ありがとうございます。

本作は、私の代表作である『心霊探偵八雲』と対を為《な》す作品であり、作品のアイデアも同時期に生まれたものです。

しかし、この作品を書き始めるまでに、十年近くの歳月を費やすことになりました。

そうなった一番の理由は、江戸という時代を、どう描くのか――という難題に行き当たったからです。

時代小説を読んだことのない人にも分かり易《やす》く、かつ、その時代の空気を感じてもらう為《ため》にはどうしたらよいのか？

もちろん、時代小説を読み慣れている人たちにも、納得してもらえるものでなければなりません。

散々悩み、資料を読み漁《あさ》るほどに、文章が重くなっていく気がして、どうにも書き始めることができませんでした。

そんなある日、頭で考えるのではなく、江戸の空気を肌で感じる必要があるのではないか――と思い立ちました。

とはいえ、タイムスリップができるわけではありません。そこで、私が選んだのは、剣術道場の門戸を叩《たた》くことでした。そうすることで、江戸の空気を肌で感じることができるかもしれないと考えたのです。

そんなこんなで、某剣術道場の門を叩くことにしました。

最初は、何とかなるだろうと軽く考えていたのですが、実際にやってみると、想像以上に大変でした。

小説家は、日常的に身体《からだ》を動かす職業ではありません。不摂生《ふせっせい》がたたり、刀を振れば息が上がり、筋肉痛に苦しめられることとなりました。

しかし、その甲斐《かい》あって、こうやって作品を書き始めることができたのです。

剣術を学びながら、感じたことはたくさんあるのですが、それはまたの機会に――。

シリーズとして動き始めた浮雲や八十八たちが、この先、どんな活躍をしていくのか？

誰よりも楽しみにしているのは、私自身である気がします。

待て！　しかして期待せよ！

参考文献

『イラスト・図説でよくわかる　江戸の用語辞典』江戸人文研究会・編著（廣済堂あかつき）
『江戸の華　吉原遊廓』二之宮隆・編集（双葉社）
『完全版　江戸の風景』二之宮隆・編集（双葉社）
『古地図ライブラリー別冊　切絵図・現代図で歩く　江戸東京散歩』人文社編集部・編集（人文社）
『SAKURA MOOK 04 剣　日本の流派』海藤哲・編集（笠倉出版社）
『謎解き！江戸のススメ』「謎解き！江戸のススメ」制作班・著（NTT出版）
『肉筆幽霊画の世界』安村敏信・著（新人物往来社）
◉天然理心流心武館公式サイト
http://www.tennenrishinryu.jp/

天然理心流心武館館長、大塚篤氏には
取材に全面的に協力いただき、大変お世話になりました。
この場を借りて、お礼を申し上げます。

神永学

初出誌「小説すばる」
「赤眼の理」　二〇一四年三月号
「恋慕の理」　二〇一四年七月号
「呪詛の理」　二〇一四年十月号

この作品は二〇一四年十一月、集英社より刊行されました。

集英社文庫

浮雲心霊奇譚《うきくもしんれいきたん》 赤眼《せきがん》の理《ことわり》

2017年4月25日 第1刷
2023年7月12日 第4刷

定価はカバーに表示してあります。

著 者 神永《かみなが》 学《まなぶ》

発行者 樋口尚也

発行所 株式会社 集英社
東京都千代田区一ツ橋2-5-10 〒101-8050
電話 【編集部】03-3230-6095
【読者係】03-3230-6080
【販売部】03-3230-6393(書店専用)

印 刷 凸版印刷株式会社

製 本 凸版印刷株式会社

フォーマットデザイン アリヤマデザインストア マークデザイン 居山浩二

ISBN978-4-08-745566-3 C0193